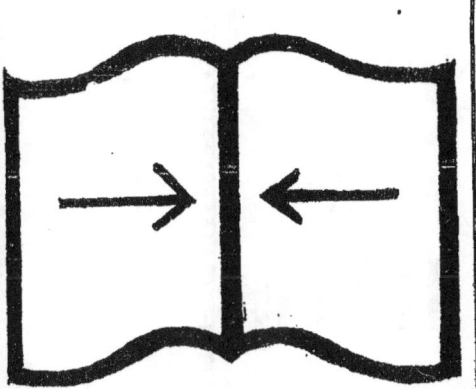

RELIURE SERREE
Absence de marges
intérieures

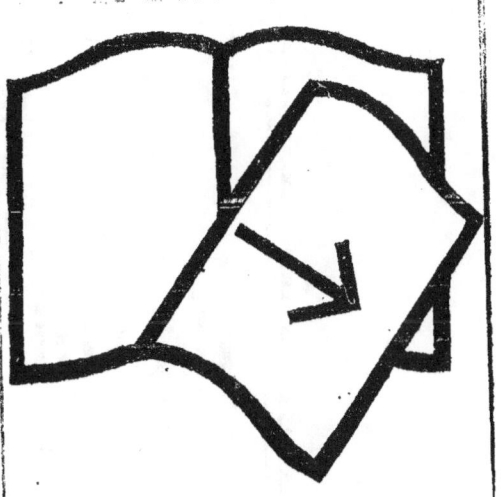

Couverture inférieure manquante

VALABLE POUR TOUT OU PARTIE DU
DOCUMENT REPRODUIT

LOUIS NOIR

LA
BANQUE JUIVE

ROMAN D'ACTUALITÉ

(INÉDIT)

PARIS

LIBRAIRIE MONDAINE

JOSEPH DUCHER, ÉDITEUR

9, rue de Verneuil, 9.

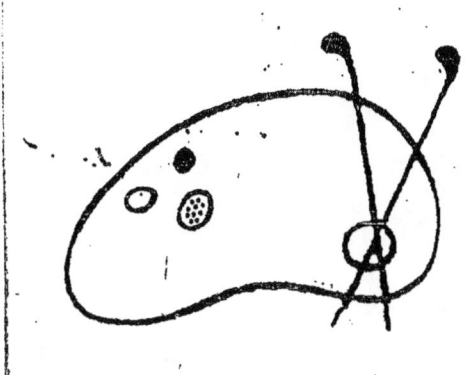

Fin d'une série de documents
en couleur

LA BANQUE JUIVE

OUVRAGES DU MÊME AUTEUR

Le Roi des Chemins.   1 vol. in-18.
Le Ravin maudit.   1 —   —
Les Goélands de l'Iroise.   2 —   —
Les Peuplades algériennes.   1 —   —
Le Corsaire aux Cheveux d'or.   2 —   —
Le Colporteur juif.   1 —   —
Le Médecin juif.   1 —   —

Saint-Amand (Cher). — Imprimerie de DESTENAY.

LA

BANQUE JUIVE

PAR

LOUIS NOIR

PARIS
LIBRAIRIE MONDAINE
JOSEPH DUCHER, Éditeur
9, RUE DE VERNEUIL, 9

1888

LA BANQUE JUIVE

PREMIÈRE PARTIE

Le voyageur mystérieux.

I

UNE QUERELLE D'ALLEMAND CHERCHÉE PAR UN FRANÇAIS

La scène se passe dans un cercle de Paris.

Il est tard, ou pour mieux dire, il est matin déjà : deux heures.

L'on joue avec animation : les uns tiennent les cartes, d'autres parient, beaucoup regardent, quelques-uns rêvent ou sommeillent à l'écart.

1

Parmi ceux que les parties laissent indifférents, un jeune homme se tient seul dans
un coin ; il est très pâle, son œil est enflévré,
il a l'air agacé, nerveux, agité, impatient.

Il est brun, il a le teint mat, il est certainement méridional ; beau et charmant garçon,
très distingué, nature élégante et délicate,
il porte mélancoliquement sa tête, une de ces
jolies têtes comme les femmes en imaginent
pour les poètes qui font des sonnets d'amour,
une tête comme celle d'Alphonse Daudet à
vingt ans.

Il se dégageait de ce tout jeune homme un
charme sympathique qui devait lui avoir
conquis des amis dans ce cercle.

On le regardait, on s'étonnait de son attitude, on échangeait des impressions.

— Antony a donc perdu ? Il a une tête de
suicidé.

— Il ne joue presque pas et n'a pas touché
une carte ce soir.

— Chagrin d'amour ?

— Qui aime-t-il ?

— La lune, comme tous les poètes.

— Elle a un nom cette lune.

— Lui seul le sait.

— Il se tait, donc c'est une femme du monde.

— Allons donc ! si c'était une grande dame, est-ce qu'elle serait assez sotte pour désoler un aussi charmant garçon ? C'est quelque bégueule de petite bourgeoise.

— Henry doit en savoir quelque chose.

— Tu crois ?

— Ils sont intimes.

— Henry, mon bon, dites-nous le secret d'Antony.

Celui auquel on posait cette question était un grand et beau garçon de vingt-cinq ans, blond, bien découplé, franc d'allures, loyal de regard, intelligent, gai et qui s'était plusieurs fois montré très brave avec insouciance, comme si l'indifférence pour le danger formait le fond de son tempérament.

C'était une de ces belles physionomies gauloises, encadrées d'une barbe fauve, qui furent de toute antiquité le type du courage joyeux et de l'audace entreprenante.

Il venait de quitter une partie dans laquelle il pariait, et il dit avec un soupir de dépit.

— Décavé ! Plus rien ! Vidé, panné, ruiné pour un mois ! Que veut-on ? Qui m'appelle ? Le secret d'Antony ? Parole d'honneur je n'en savais rien. Messieurs, je vais confesser ce garçon-là et je trahirai sa confiance. Sacrebleu, qu'il a l'air triste !

Et il alla s'asseoir à côté d'Antony.

— Tu as encore joué ! lui demanda celui-ci d'un ton de reproche.

— Et j'ai perdu. Je n'ai jamais vu de coups aussi étonnants.

— On dit toujours cela pour s'excuser d'avoir perdu.

— Non, vrai ! C'est inouï. Tout le monde en est renversé. Vois comme on discute autour de la table. Jamais on a vu pareille partie.

Henry regarda du côté qu'indiquait son ami ; une galerie nombreuse très agitée, très houleuse entourait en effet une table d'écarté.

— Je pariais, continua Henri, j'étais prudent, car nous sommes au commencement du mois. Mais les péripéties incroyables de la partie m'ont entraîné. Et puis je m'acharnais à tenir pour ce personnage étrange tombé chez nous ce soir comme un météore, mystérieux comme un hiéroglyphe, et dont la chance est prodigieuse. Enfin je suis décavé. J'en ai pour vingt jours à attendre la pension mensuelle que me fait ma dernière tante. Et c'est la faute de sir Samuel.

— Qui est ce Monsieur? Un Anglais?

— On le suppose, mais on en doute. Il ressemble à un prince arabe des *mille et une nuits* ; il a le type oriental, mais le teint est d'un européen, quoique bronzé par le soleil.

— Décidément sir Samuel fait événement ici.

— Mais, mon cher, c'est un homme extraordinaire; il a parcouru l'Afrique centrale en tous sens et la connaît mieux que Stanley ou Liwingston.

— Jamais les journaux n'en ont parlé.

— Parce qu'il ne voyage pas pour se faire un nom. Il se promène pour lui et peut-être a-t-il des affaires mystérieuses à conclure sur les point les plus reculés du monde. Car il est partout.

— Un aventurier alors !

— C'est un gentleman très honorable, commandeur de l'ordre du Bain ; tu sais que les Anglais ne prodiguent point leurs décorations;de plus officier de la Légion d'honneur. Il a rendu des services à la France et à la grande Bretagne.

— Mais enfin cet homme a un but ?

— On l'ignore. On sait seulement qu'il s'en va tranquillement d'Alger à Tombouc-

tou, de Tombouctou au lac Tchad, du lac
Tchad à Zanzibar, au milieu des populations
les plus diverses, les plus féroces, à travers
des tribus antropophages, se faisant craindre, aïmer et respecter partout. Regarde-le.
C'est un type superbe et j'imagine qu'il a dû
obtenir, de par le monde, des succès de
femmes étourdissants.

— Est-il riche ?

— Tout à l'heure, il perdait une centaine
de mille francs ; c'est alors que je fus décavé.
Lui, impassible, proposa à Richard son adversaire de jouer en trois coups un diamant
que Bernheim, qui s'y connaît et qui fut pris
pour arbitre, évalua à deux cent mille francs.
Et il a gagné sans sourciller. En ce moment,
je suis sûr qu'il est en train de vider Richard
à fond. Ah! si je n'avais pas juré sérieusement de ne plus jamais jouer sur parole,
j'aurais continué à parier pour lui et je serais à la tête de quelques centaines de louis.
Tandis que...

— Ne te désole pas. J'ai quelques rentes, et demain tu hérites de moi.

— Que veux-tu dire ?

— Je dis que je me bats, que mon adversaire est Richard, et que par conséquent je suis mort.

— Tu plaisantes...

— Si peu que si la partie était finie, j'aurais déjà souffleté Richard.

— Que t'a-t-il fait ?

— Rien. C'est un fat, c'est un spadassin ! C'est une bête féroce sur le terrain ! C'est peut-être un grec, un tricheur. Il est le tyran du cercle, où il s'impose par la terreur de l'épée. Toutefois, il ne m'a jamais rien fait.

— Et tu cherches une querelle d'Allemand ? Pourquoi ?

-- Parce que je veux mourir...

En ce moment, la partie finissait. Richard venait de se lever, ayant tout perdu. Il était de fort méchante humeur, et il eût volontiers cherché querelle à sir William ; mais le

calme de l'étranger n'offrait aucune prise ;
puis cet homme avait un aspect léonin qui
imposait à son adversaire.

Il était dans ces dispositions et ne pouvait
s'empêcher de récriminer, mais poliment,
commentant sa déveine, quand une voix dit
derrière lui :

— Rien d'étonnant ! Quand on manque de
sang-froid, on finit toujours par perdre.

C'était Antony, que toutes les prières
d'Henri n'avaient pu empêcher de suivre son
projet.

Richard furieux se retourna.

— Mon cher, dit-il à Antony d'un ton ro-
gue, je vous conseille de faire vos observa-
tions sur un autre ton.

— Je prends le ton qui me convient, ré-
pliqua Antony. Je répète que vous avez
manqué de sang-froid, et que maintenant
vous manquez de dignité en montrant votre
rage d'avoir perdu.

Richard était stupéfait de voir Antony,

1*

ordinairement si doux, devenu agressif.

Le jeune homme continua :

— Du reste vous avez reçu une leçon méritée, vous êtes trop bruyant, trop railleur
quand vous gagnez.

— Décidément, Antony, c'est une querelle ?

— C'est ce que vous voudrez. Je tenais à
vous dire une bonne vérité en face.

— Voilà une fantaisie qui vous coûtera
cher.

— Oh ! vous êtes spadassin ! On le sait !

— Prenez vos témoins. Henry sera le mien
avec...

— Avec moi, si vous le voulez... dit sir Samuel en se levant.

Cette intervention inattendue de l'étranger
produisit un étonnement profond.

II

LE TÉMOIN D'ANTONY

Sir Samuel, debout, dominant toute cette
scène de sa haute taille, conservait cette
froide impassibilité qui caractérise les
hommes de cette trempe, pour lesquels le
duel est une fadaise, comparé aux dangers
qu'ils ont bravés.

Il supporta avec une royale indifférence
le feu de tous les regards braqués sur lui et
semblant lui demander pourquoi diable il se
mêlait de cette affaire.

Lui, tranquille, sûr de lui-même, semblait

se soucier fort peu de ce que l'on pouvait penser de lui.

Il se tourna vers le comte de Vaudray qui l'avait présenté au cercle le soir même et qui avait nom, qualité, caractère et position pour que quiconque dont il répondait fût accepté comme un galant homme.

— Voulez-vous, cher comte, lui dit sir Samuel, me présenter à M. Antony et lui affirmer que je lui porte le plus vif intérêt.

La surprise de tous allait croissant ; mais celle d'Antony était au comble.

Orphelin, n'ayant eu qu'un parent très éloigné pour tuteur, seul, bien seul au monde, il se demandait par quel miracle cet étranger, cet aventurier de haute volée, ce nabab, se mêlait à sa vie et le protégeait.

Car il n'y avait point à s'y méprendre, sir Samuel semblait couvrir la faiblesse d'Antony de la force qui éclatait en lui, voyageur intrépide et chasseur redouté.

De Vaudray, qui avait beaucoup d'autorité

dans le cercle et qui aimait Antony, parut enchanté de cette intervention.

— Mon cher, dit-il au jeune homme, je vous présente sir Samuel, qui est l'homme le plus expérimenté que je connaisse en fait de rencontres d'armes et d'escrime ; il est très expert sur les questions d'honneur ; si je me battais, je me tiendrais pour *très* honoré qu'il fût mon témoin.

Antony se sentait pris d'une sympathie irrésistible pour cet étranger qui lui témoignait tant de bienveillance.

— Monsieur, dit-il en saluant sir Samuel, je vous remercie infiniment et j'accepte votre proposition avec reconnaissance.

Ils se serrèrent la main.

Antony, dans cette étreinte, éprouva comme une secousse électrique ; cette splendide nature d'aventurier, cette puissance d'un tempérament exubérant, contenu par une volonté de fer, exerçait une action magnétique, irrésistible autour d'elle. Antony venait d'en ressentir une commotion qui fit passer dans ses veines un frisson de fièvre.

De ce moment, il se reprit à espérer, lui qui était évidemment désespéré ; brusquement tout changea d'aspect autour de lui.

Il se sentit une flamme au cœur.

Ceux qui dans les heures d'affaissement et d'abandon de soi-même, ont serré la main d'un homme fort, savent ce qu'ils ont retrouvé d'énergie.

Antony éprouva cet effet à un degré incroyable.

Au lieu de la résignation désolée dont il était accablé, il se sentit renaître.

Il présenta Henry à sir Samuel avec beaucoup d'aisance et de présence d'esprit, puis il pria ces Messieurs de s'aboucher, sur l'heure même, avec les témoins que venait de désigner Richard.

— Surtout, Messieurs, avait dit Antony, pas de concessions.

Sir Samuel avait souri en disant :

— Je n'en fais jamais.

Cette scène avait naturellement produit une très vive émotion.

On la commentait avec animation.

Antony était un garçon si charmant, si réservé, si modeste, que l'on ne pouvait s'expliquer sa provocation à Richard.

— C'est singulier ! disait-on, s'attaquer à Richard, qui a l'épée malheureuse, s'est se suicider.

— Evidemment il veut mourir !

— Pourquoi ! C'est bien étrange. Antony a quatre mille livres de rentes; il-est sorti de l'Ecole Centrale avec le numéro 3 ; c'est un ingénieur excellent et il est chargé de travaux bien payés. Lemaire vient de lui éditer un volume de vers qui courent les salons et lui font une très gentille réputation de poête. Quelle mouche peut l'avoir piqué ?

— Il n'y a pas à le nier, c'est une provocation voulue, préparée avec la certitude d'y laisser sa peau.

— Chagrin d'amour.

— Est-ce que l'on se tue pour une femme ?

— Nous autres non. Mais lui, c'est un rêveur, un caresseur de chimères, un attendri.

— Pourquoi sir Samuel a-t-il voulu lui servir de témoin ? Il ne le connaissait pas.

— De Vaudray doit le savoir.

— Où est de Vaudray ?

— Il cause avec Antony...

Antony, en effet, questionnait vivement le comte pour savoir de lui qui était l'étranger.

— Mon cher, lui dit de Vaudray, sir Samuel est mon ami. Je l'ai connu à Constantinople, où il jouit d'un grand crédit à l'ambassade anglaise. Ce soir, dînant avec lui au café Anglais, il m'a demandé si je vous connaissais. J'ai répondu affirmativement. Il a exprimé le désir de vous voir et de vous parler. Je l'ai emmené au cercle. Vous n'étiez pas là. Sir Samuel beau et grand joueur a

entamé cette partie qui vient de finir si
malheureusement par une querelle.

— Ne vous a-t-il donc pas dit pourquoi il
tenait à me connaître ?

— Parce qu'il a lu vos vers et les trouve
ravissants.

Antony secoua la tête.

— Je doute, fit-il, que ce soit là le vrai
motif.

— En effet ; malgré tout le mérite de votre
volume, je suppose qu'il y a autre chose. Sir
Samuel m'a paru désireux de vous observer,
de vous parler ? Il m'a posé sur votre passé,
votre avenir, des questions que la curiosité
seule ne dictait pas.

— Ah ! Vous voyez ! Il y a quelque chose.
Il a des arrière-pensées.

— Je n'en doute pas. Un futur beau-père
ne s'y prendrait pas autrement.

— Ne plaisantez donc pas.

— Je vous dépeins une impression. Du
reste, je ne connais pas de fille à Sir Samuel,

et je doute qu'arrivé depuis huit jours à
Paris, eût-il fille ou nièce, il songeât à vous
l'offrir.

En ce moment les deux témoins d'Antony
venaient à lui.

— Mon cher Antony, dit Henry, sir Samuel et moi, nous avons jugé que notre droit
et notre devoir étaient d'exiger un délai de
trois jours. Nous l'avons obtenu sans peine et
sans contestation.

— Pourquoi ne pas avoir terminé tout
de suite ? fit Antony d'un air mécontent.

— Parce que, lui dit sir Samuel, je ne veux
pas que votre adversaire vous tue et que je
serais même très heureux si vous veniez à le
tuer.

— Monsieur, je ne tiens pas à vivre. Henry
aurait pu vous dire...

— Votre ami n'avait rien à me dire, puisque j'en sais plus long que lui sur ce point.

Antony regarda sir Samuel avec stupéfac-
tion ; puis il lui demanda :

— Vous me connaissez donc, Monsieur ?

— Pas encore autant que je le souhaite ; mais après ce duel, je saurai quel homme vous êtes, et alors nous causerons d'avenir ?

En attendant si vous voulez causer du passé, je vais vous emmener chez moi avec votre ami.

Et à de Vaudray.

— Comte, à demain ! merci.

Il emmena les deux jeunes gens.

Sir Samuel avait fait louer, avant son arrivée, un petit hôtel qu'il avait fait meubler à sa fantaisie ; il avait tout un personnel à lui ; les seuls Français qui fussent à son service étaient le concierge et sa famille, femme, fille et garçon.

Quand sir Samuel entra dans l'antichambre, un nègre qui dormait, sauta sur ses pieds et vint humblement baiser la main du maître.

— Mambo, lui dit sir Samuel, du café, des

cigares, des chiboucs, du thé et des sandwichs.
Envoie-moi Mamba.

Et il fit entrer ses deux visiteurs au salon
tout éclairé, en attendant son retour. C'était
une pièce où des richesses inouïes étaient
accrochées çà et là, ou traînaient un peu partout. On retrouvait le désordre de la tente et
des campements.

Mamba, une jolie négresse, vint prendre les
ordres du maître.

— Dort-on ? demanda celui-ci.

— Non. Excellence.

— Dis à ta maîtresse que je suis revenu
avec deux amis. Je la prie de s'endormir sans
inquiétude. Je ne sortirai plus.

Mamba ne bougea pas.

— Va, dit sir Samuel.

— Excellence, la signorita veut vous embrasser ! fit la négresse. Elle m'a ordonné de
vous le dire.

Sir Samuel remarqua un sourire sur les
lèvres d'Henry.

— Mamba, dit-il, prie Salomé de venir.

Une curiosité très vive s'empara des deux jeunes gens.

— Qui cette signorita ?

— Qui cette Salomé ?

CHERCHEZ LA FEMME

Si vous voulez connaître un homme, cherchez à connaître sa femme.

Tel qui vous paraît énergique est d'une faiblesse désespérante devant sa femme ; devant elle, le plus intelligent devient souvent un sot.

La femme est la faiblesse des forts.

D'instinct nous le savons tous ; c'est pourquoi nous désirons tous savoir devant quelle jupe un homme supérieur s'agenouille.

Voilà pourquoi les deux jeunes gens attendaient la jeune fille annoncée par la négresse ;

pourquoi peut-être sir Samuel tenait à la leur
montrer.

On entendit des pas légers, une porte s'ouvrit encadrant une délicieuse créature, une
enfant de douze ans, à en juger par la taille et
l'expression des traits; de seize ans, s'il fallait en croire le développement des formes :
c'était une petite fille et une petite femme en
même temps, vêtue à la mauresque, adorable, originale, délicieuse.

Elle hésita l'espace d'une seconde, prit son
élan et fit dans le salon une invasion turbu-
lente.

Ne se préoccupant plus de la présence des
deux étrangers, elle courut comme un tourbillon de gaze et de soie, poussant des cris
joyeux, battant des mains, elle se jeta au cou
de sir Samuel, l'embrassa avec emportement,
lui adressa de doux reproches en italien, lui
donna vingt baisers, en reçut un et s'en alla
comme elle était venue, laissant derrière elle
comme une traînée de lumière.

Les deux jeunes gens furent éblouis par cette apparition.

Sir Samuel leur dit en riant :

— Messieurs, Salomé est ainsi faite qu'elle vous glisse entre les doigts; j'aurais voulu cependant vous présenter à cette enfant ; mais vous l'avez vu s'envoler avec des façons qui ne sont qu'à elle. Je vous demande d'être indulgents; elle est fantasque et volontaire. Vous tiendrez compte de l'éducation qu'elle a reçue et qui ne ressemble en rien à celle d'une Parisienne.

Puis rompant sur ce sujet, il demanda brusquement à Antony :

— Ainsi vous voulez mourir ?

— Monsieur, répondit le jeune homme en tressaillant, j'ai mes raisons.

— Je les connais, dit froidement sir Samuel.

En ce moment Mambo rentra, apportant, sur un plateau, le café préparé à l'orientale ; un amateur eût payé ce service trois mille

2

piastres et l'eût précieusement serré sous
verre.

Mambo apportait le thé sur plaque cloison-
née dans des porcelaines de vieux chine,
comme on n'en voit que chez les calde-
gués.

— Messieurs, dit sir Samuel, permettez-moi
de suivre mes habitudes et gardez les vô-
tres.

Il s'assit les jambes croisées à la façon des
turcs sur un coussin couvert d'un châle de
l'Inde, digne des épaules d'une reine ; les deux
jeunes gens prirent des fauteuils recouverts
avec des robes mandarines merveilleuses pro-
venant du pillage du palais d'été, valant six
mille francs l'une.

Voyant que les jeunes gens préféraient le
café, sir Samuel leur dit en leur montrant
une boîte de cigares.

— Voici des havanes fabriqués pour moi,
je les crois exquis. Mambo les soigne comme
un sommelier soigne ses vins.

Et quand les jeunes gens eurent allumé leur cigares sir Samuel, sur un regard interrogateur d'Antony, lui dit :

— Oui, je connais les raisons que vous croyez avoir pour mourir.

— Vous m'étonnez Monsieur, dit Antony froidement. Jamais, pas même à Henry, je n'en ai dit un mot à personne.

— Mais vous n'êtes pas seul à connaître votre secret.

— Monsieur, je suis sûr que la seconde personne est restée muette.

— Elle a parlé pourtant, puisque je sais tout. Voulez-vous que je résume mes renseignements.

Antony secoua la tête en signe d'assentiment, car l'émotion l'étranglait.

Sir Samuel, sûr de son fait, dit tranquillement :

— Vous aimez une jeune fille qui est désespérément plus riche que vous. Voilà le point de départ.

Antony devint très pâle ; son cigare trembla dans sa main.

Henry jeta un regard de mécontentement sur son ami.

— Le sournois ! pensa-t-il. Ne m'avait rien dit.

— Cette jeune fille, continua sir Samuel, vous aimait ; vous êtes un ingénieur doublé d'un très gentil poète ; vous avez su plaire à Mademoiselle...

— De grâce ! s'écria Antony, ne la nommez pas.

— Soit ! Vous avez réussi à gagner le cœur de cette jeune fille en lui adressant les déclarations les plus délicates, sous forme d'un bijou de petit volume de vers dont la presse a parlé avec éloges et dont je vous fais mon compliment.

Antony rougit.

Sir Samuel reprit :

— La grande disproportion de fortune vous faisait craindre de ne pas être agréé ; mais

Mlle X... vous fit comprendre que cet obstacle serait levé facilement à l'arrivée d'un ami qu'elle attendait et qui pouvait.tout sur l'esprit de ses parents. Elle ne vous a point nommé cet ami.

— Non, Monsieur.

— Tout était au mieux, lorsque, revenant d'un petit voyage avant-hier, vous avez trouvé chez vous un mot très sec, très hautain, très blessant, vous annonçant une rupture. Cette lettre était signée ; car non seulement votre fiancée écrit, mais elle signe. C'est un caractère que Mlle X...

Antony s'inclina.

Sir Samuel secoua la cendre de son cigare et dit d'un air ironique.

— Sur ce vous avez commis cette folie, cette niaiserie, cette absurdité de provoquer un spadassin. Cependant, vous allez trouver en rentrant chez vous un billet qui annule le le premier.

— Est-ce possible !

2*

— Cela est. Voici ce qui [s'est passé. Une certaine dame dont vous devinez le nom et qui veut marier Mlle X... à un autre que vous, s'est plu à raconter, de façon à ce que votre fiancée l'entendît, une très jolie intrigue dont vous avez été le héros. Mais elle s'est ingéniée de façon à ce que l'on crût que cette amourette durait toujours. Mlle X... froissée, s'est cru trahie. C'est une fière petite personne ; indignée, elle a rompu.

Antony mordait son cigare à belles dents.

— Heureusement, dit sir Samuel, quelqu'un qui a droit à la confiance de votre fiancée, quelqu'un qu'elle consulte et qu'elle écoute, a reçu ses confidences. Ce quelqu'un s'est enquis de vous et a su la vérité. Il a démontré à votre fiancée que vos folles amours avec la marquise de Presle (car je l'ai nommée) remontaient à une année ; que tout était fini entre cette évaporée et vous ; que vous étiez sincère. Bref, votre cause a été plaidée chaleureusement et gagnée par cet ami de votre fiancée, qui est ma foi arrivé fort à propos.

— Et cet ami Monsieur ?

— C'est moi.

Antony restait abasourdi de ces révélations.

Sir Samuel, de son air calme, continuait :

— Informations prises, ce mariage ne me déplaisait pas, je résolus de le favoriser. En courant le monde, j'ai appris qu'il était absurde de contrarier les inclinations ; ce que femme veut, le diable le veut. Je suis donc allé au cercle pour vous voir, vous dire d'espérer. Je voulais vous faire mériter la main de M{}^{lle} X... J'ai une idée, au fond de laquelle il y a des millions, cent millions, c'est peu dire peut-être.

Les deux jeunes gens éblouis se demandaient s'ils ne rêvaient pas ; mais le luxe inouï de ce salon, les précédents voyages de sir Samuel, ses aventures étranges, donnaient à ses paroles l'accent de l'autorité.

— Oui, répéta-t-il, cent millions ! Et, comme

ingénieur, je vous associais à mon entreprise ;
je vous faisais faire une fortune. qui vous
mettait de pair avec Mlle X... au point de vue
de l'argent. Comme l'expédition est extrê-
mement périlleuse, si vous en reveniez, vous
étiez un héros aux yeux de votre fiancée, ce
qui ne gâte rien, je suppose. Enfin j'avais
fait un rêve pour vous.

— Ah ! Monsieur s'écria Antony, que de
reconnaissance.

Il se leva et saisit les deux mains de sir
Samuel.

— Mais, malheureusement, lui dit froidement celui-ci, je vous répète que ce n'est
qu'un rêve !

— Un rêve !

— Eh oui ! vous êtes mort ! vous oubliez
que vous vous battez avec un homme qui
tue.

Antony retomba dans son fauteuil.

IV

LEÇON D'ESCRIME

Le brusque passage de la douleur à la joie suivi d'un violent revirement de désespoir sont les alternatives les plus propres à briser l'énergie d'un jeune homme.

Et cependant, Antony se redressa vivement. Ces fières natures ont des ressorts d'acier.

— Monsieur, dit-il à sir Samuel, je mourrai gaiement. J'aime, je suis aimé, voilà qui me console. Je laisserai au moins derrière moi un souvenir et un regret.

— Tu t'en tireras peut-être ! dit charitablement Henry.

Antony secoua la tête et dit d'un air résigné.

— Richard a déjà plusieurs morts sur la conscience ; il ne sera pas d'humeur à me ménager.

— Vous avez trois jours devant vous ! dit sir Samuel. Et, dans trois jours, vous pouvez avoir cinquante chances pour cent de tuer votre homme.

— Monsieur, je ne tire pas très bien et Richard passe pour une fine lame.

Sir Samuel ne répondit pas et sonna son nègre, auquel il dit :

— Range les meubles et apporte les fleurets.

Pendant que le noir faisait place nette au milieu du salon, les deux jeunes gens réfléchissaient à cette aventure extraordinaire ; Henry surtout était profondément étonné.

Comment son ami intime, Antony, au-

quel il avait voué une affection profonde,
avait-il pu lui cacher cette passion ?

Comment , lui si doux, avait-il pris
cette brutale résolution du suicide par le
duel ?

Puis tout à coup, surgissait cet homme
singulier, cette espèce de Simbad le Marin,
ce héros des *mille et une nuits ;* il dominait
la situation, s'emparait brusquement de
leur cœur et de leur volonté, et leur causait
de prodigieux étonnements.

Il avait surtout le don de la persuasion, il
parlait de faire tuer un tireur comme Richard par Antony ; il avait l'air sûr de son
fait ; ce n'était point certes un vulgaire Char-
latan ; connaissait-il donc en escrime des
ressources cachées ?

Les deux jeunes gens pensèrent aux bottes
secrètes, aux coups mystérieux dont on parle
souvent en salle.

Cependant Mambo était revenu avec mas-
ques, pastrons et fleurets.

D'un ton de maître, sir Samuel dit à Antony :

— Mon cher enfant, mettez-vous sous les
armes et voyons ce que vous savez faire. Te-
nez-vous de votre mieux.

Bientôt ils croisèrent le fer.

Henry, qui était fort, lui, admira le jeu
correct, régulier, fin et serré de Sir Samuel,
qui, après deux ou trois engagements, dit à
Antony :

—Ce n'est point trop mal ! Il y a des chances ; mais il faudra abandonner le jeu académique, la méthode régulière et se jeter
dans les chemins de traverse.

Comme les jeunes gens le regardaient sur-
pris, il leur dit :

— Asseyons-nous, causons et suivez mon
raisonnement.

Les deux jeunes gens écoutèrent avec un
vif intérêt.

—Je commence par des faits, dit sir Samuel. Vous vous rappelez sans doute le fa-

meux duel de M. Anatole de la Forge et de
Vermorel.

— Oui, dit Henry.

— M. Anatole de la Forge est brave ; il l'a
prouvé à Saint-Quentin. Il tirait admirablement à l'époque de la rencontre, c'était même
un des arbitres de l'escrime. Vermorel ne savait pas tenir une épée. Il ne reçut *in extre-
mis*, que quelques leçons d'un zouave de ses
amis, bretteur et bri oleur, qui tirait sans
méthode, mais touchait souvent. Et M. Anatole de la Forge fut blessé deux fois, ce dont
Paris demeura stupéfait.

— Oui, dit Henry, l'affaire fit grand bruit.

— Je puis vous citer encore le duel de
M. Yvert, qui eut lieu à peu près dans les
mêmes conditions, avec le même résultat.

— Je sais plus de vingt exemples.

— Et vous concluez ? demanda Henry.

— Je conclus que les forts tireurs en salle
peuvent perdre beaucoup de leur avantage

3

sur le terrain, en face de certains adversaires.
Ce jeu de salle, toujours le même, dont tous
les coups sont connus, étudiés, attendus, cal-
culés, donne aux tireurs des habitudes qui
deviennent pour eux une seconde nature, habitudes de pose, de poignet, de feintes, d'attaques et de ripostes. On pare, on se fend, on
rompt d'instinct, sans même y penser. On
ressemble au pianiste qui fait courir ses doigts
sur le clavier avec une prestigieuse habileté,
trouvant toujours la note juste sans pour
ainsi dire la chercher.

Ici sir Samuel regarda Antony et lui dit :

— Supposez que ce pianiste, ayant à jouer
un jour en public, s'aperçoive que l'ordre du
clavier est changé ; que les gammes sont in-
terverties ; qu'au lieu de partir de gauche à
droite, l'échelle des sons va de droite à gauche. Il sera dérouté.

— Certes.

— Eh bien ! il s'agit de procéder de même
sur le terrain. Il faut que ce M. Richard

trouve devant lui un adversaire, dont la garde, les parades, les attaques soient en dehors des règles ; si votre adversaire, déjà désorienté, se trouve tout à coup pressé vivement et obligé de parer une série de cinq ou six bottes invraisemblables, inattendues, absolument inédites et dangereuses, que vous aurez bien dans la main, que vous porterez avec la supériorité d'un homme qui se sera rompu à cet exercice pendant trois jours, j'ai tout lieu de croire que les mauvaises chances auront considérablement diminué pour vous et les bonnes augmenté.

— Il y a donc des bottes secrètes? demanda Henry.

— Non ! dit sir Samuel. Mais il y a des bottes peu connues, peu pratiquées et terribles. Je veux en mettre une douzaine dans la main d'Antony et lui apprendre un jeu qui déconcertera son adversaire.

Puis, avec une conviction profonde, sir Samuel dit en serrant la main d'Antony :

— Avec du cœur, de l'énergie, du sang-
froid et trente leçons d'une demi-heure chacune que j'aurai la patience de vous donner,
sans compter quelques assauts avec Rinco,
vous tuerez votre homme. Et, si vous le voulez,
nous allons commencer.

Mais, comme sir Samuel prenait un fleuret,
la porte du salon s'ouvrit avec fracas et le
plus étrange personnage fit, en poussant des
cris féroces, ce qu'au théâtre on appelle une
fausse entrée.

Cet individu, très singulier d'aspect, se mit
d'abord à remuer la porte avec une sorte de
fureur sinistre, criant des mots bizarres d'une
seule syllable, soufflant bruyamment, lan-
çant des exclamations sifflantes, sortant, re-
fermant la porte, rentrant et recommençant
ce manège, qui annonçait un maniaque ou
tout au moins une personne ayant des habitudes tout à fait extraordinaires.

Le plus drôle, c'est que les invités de sir
Samuel ne pouvaient voir ce personnage

que de dos ; il évitait de montrer sa figure.

C'était, en apparence, un homme d'assez grande taille, un peu voûté, ne se tenant pas très droit sur ses jambes arquées ; mais on le devinait très robuste.

Il était vêtu comme tout le monde, jaquette, gilet et pantalon, mais il ne faisait pas le même effet que tout le monde.

Il avait les bras trop longs d'un bossu ; les jambes basses et un peu torses, des oreilles pointues de satyre ; on lui soupçonnait volontiers le pied fourchu dans ses chaussures.

Ses mouvements, ses gestes, sa voix n'étaient point d'un homme civilisé, il s'acharnait contre la porte et semblait vouloir la démolir.

Sir Samuel riait.

— Cet animal de Rinco, dit-il, a entendu toucher aux fleurets ; sa passion pour l'escrime l'a emporté et il est venu, mais il n'ose ni entrer ni me regarder.

En ce moment Mambo, le nègre, voulut pé-

nétrer dans le salon, mais l'individu que sir
Samuel venait de nommer Rinco, poussa un
cri épouvantable, saisit le nègre à bout de
bras, et par un mouvement violent, le mit dehors avec une facilité incroyable.

Mambo ne pesait pas le poids d'une poupée
dans la main de cet individu décidément
extraordinaire.

Sir Samuel riait toujours; cependant quand
Rinco commit son acte de violence contre le
nègre, sir Samuel siffla d'une façon stridente.
Rinco lâcha Mambo, se rejeta sur la porte et
la fit battre entre ses deux mains, la renvoyant
de l'une à l'autre, grinçant toujours des dents
et grondant.

Les deux jeunes gens restaient muets de
surprise.

V

UN PROFESSEUR D'ESCRIME EXTRAORDINAIRE

Les deux jeunes gens avaient le sentiment qu'ils se trouvaient en présence d'un personnage plus étrange, plus excentrique qu'un de ces sauvages océaniens, canaques ou polynésiens, occupant le dernier rang de l'humanité et ramené par sir Samuel d'un de ses voyages.

Ils pensèrent qu'ils se trouvaient tous deux en face de quelque cas particulier, très curieux.

Sir Samuel commanda d'un ton de voix amical :

— Ici, Rinco !

Rinco poussa un grognement joyeux à cet
appel; il fit, le dos toujours tourné, une gam-
bade en arrière de trois mètres, ce qui l'amena
au milieu du salon, il pirouetta, et, sautillant
sur la pointe du pied comme un maître de
danse, il vint saluer sir Samuel et lui baiser
la main gauche, mais saisit la droite et la secoua en vigoureux camarade.

— Vous voyez, Messieurs, dit sir Samuel
en souriant, que Rinco met des nuances sous
son affection respectueuse. Il ne veut pas être
confondu avec un nègre comme Mambo. Il est
serviteur, mais il a rang de compagnon et
d'ami. Je vous le présente comme tel.

Sir Samuel mit tour à tour la main sur
l'épaule de chaque jeune homme, pronon-
çant quelques mots dans une langue incon-
nue.

Rinco s'avança tout aussitôt, tourna autour
des jeunes gens, les examina, flaira leurs vê-
tements longuement, revint en face d'eux,

fixa sur leurs yeux un regard pétillant de
malice et d'intelligence, puis il leur donna à
chacun une poignée de main vigoureuse.

Les jeunes gens éprouvèrent une singulière
sensation au contact de ces doigts longs, min-
ces, osseux et griffants qui, s'ils avaient serré
les leurs, les auraient broyés et mis en pâte.

— Messieurs, dit sir Samuel, vous pouvez
maintenant compter sur Rinco, en tout, partout et pour tout ; son intelligence n'est pas
très développée, mais son instinct est merveilleux, sa force et son adresse sont inouïes,
son amitié n'est pas banale ; il ne la donne
que sur mon ordre.

Les jeunes gens examinaient Rinco.

Cet ami nouveau était un drôle de corps
qui avait une drôle de tête.

Front bas, fuyant, aux arcades sourcilliè-
res très proéminentes ; deux petits yeux
brillants comme braise et jaunes comme de
l'or, très enfoncés et battus sans cesse par un
mouvement de paupières ressemblant à un

tic ; des oreilles immenses, formant comme
des apparences de cornes au sommet; un nez
camard, des pommettes saillantes, une mâ-
choire à briser un os de gigot et des dents
menaçantes, dont les canines relevaient la
lèvre supérieure, très haute, étant donné le
large espace qui existait entre le nez et la bouche. Henry remarqua depuis que cette bouche grimaçait souvent et ne souriait jamais.

Cette physionomie déroutait l'observation.

Le visage rasé de frais, sauf un collier de
barbe, avait un teint qui ne permettait point
de supposer que Rinco fût nègre ou métis de
nègre ; les cheveux, du reste, très pommadés
ne frisaient point. Ceux qui ont vu des dar-
treux récemment guéris et portant encore des
plaques farineuses sur la figure, auront une
idée de la peau qui s'étalait sur les joues et
le menton de Rinco.

Il n'eût pas été difficile de faire croire à un
enfant que ce singulier personnage était un
diable déguisé en homme ; on s'attendait à

lui voir balayer le sol derrière lui par
le frétillement d'une queue satanique, dont il
était dépourvu du reste, quoiqu'il eût quelque
chose de démoniaque, dans le sens moyen
âge du mot.

Sir Samuel, la présentation faite, dit à ses
invités :

— Vous voyez, Messieurs, que tout bizarre
qu'il vous paraisse, Rinco est poli, il a gardé
son chapeau sur sa tête, mais se découvrir est
une incivilité en Orient. Il a failli démolir ma
porte ; mais les portes lui sont odieuses parce
qu'elles entravent sa liberté d'aller et de venir. Une bête sauvage comme lui a du mal à
s'accoutumer aux usages de Paris. Songez que
depuis quinze ans Rinco ne me quitte pas plus
que son ombre ; mais depuis mon séjour ici,
je suis forcé parfois de l'enfermer. Franchement je ne saurais sortir en l'ayant sur mes
talons.

Rinco avait l'air d'écouter attentivement
ce que disait son maître ; son œil avait la

même expression que celui du chien qui semble s'intéresser à une conversation incompréhensible pour lui, mais dont il cherche le sens dans les inflexions de la voix.

Sir Samuel continua.

— Nous venons de tirer, monsieur Antony comme on tire en salle ; vous avez vu que je suis de belle force, n'est-ce pas?

— Personne ne tire mieux que vous à Paris.

— Eh bien, Rinco que voilà, m'a donné des leçons de terrain !

Les deux jeunes gens regardèrent avec surprise cet étrange professeur.

Sir Samuel lui parla en arabe.

Rinco s'agita, trépigna, son œil fauve étincela de plaisir ; il tremblait de joie, claquant de tous ses os, frissonnant de tous les pores de sa peau.

Quand sir Samuel eut laissé tombé la dernière syllabe, Rinco souffla comme un taureau qui va se mettre en colère, puis il siffla

à humilier un serpent et d'un bond prodigieux, il sauta sur les fleurets déposés sur un
fauteuil, les prit tous deux, les brandit et
dansa dans le salon avec des gestes insensés.

Sir Samuel laissa Rinco se livrer à cette
pantomime échevelée.

— Messieurs, dit-il, vous avez ri souvent
d'une plaisanterie célèbre, celle du Monsieur
qui a le choix des armes et qui dit à son adversaire :

« Je prends les pistolets ; un chargé pour
moi, l'autre déchargé pour vous. »

— Eh bien, continua sir Samuel, Rinco
choisit qu'il aura deux fleurets, un de chaque
main, moi rien du tout. Pour un singe, ce
n'est pas si mal raisonné.

— Un singe! s'écria Henry.

—Oui, un singe ! dit Sir Samuel Un grand
singe de l'Inde trouvé dans les Jungles à
l'âge de deux ans, nourri par moi, dressé par
moi, et dont j'ai fait mon meilleur ami. Il
appartient à la grande tribu des antropomor-

phes ; c'est-à-dire à celle des singes ayant
forme humaine, pouces opposables, point de
queue, et qui sont nos frères, tout au moins
nos cousins-germains, au dire de Darwin,
lequel prétend que l'homme et le singe ont
un grand-père commun.

Parmi les anthropomorphes l'espèce supérieure est celle de Rinco, longtemps on a pris
ce grand singe indien pour un homme sauvage, il vit en tribu, se bâtit des cabanes et
il a des lois. Celui qui commet un crime
contre la famille est chassé de la famille. Je
n'ai donc pas eu trop de mal à donner une
bonne éducation à Rinco.

Sir Samuel appela son singe et le calma
par quelques mots.

Rinco cessa de s'agiter et il se tint tranquille les bras croisés sur la poitrine retenant
les fleurets, dans une très fière attitude qui
frappa les jeunes gens.

Il écoutait gravement, mais il ne paraissait
pas comprendre sir Samuel parlant français.

Tout à coup il se départit de ce beau calme, bondit vers une porte qui communiquait à la chambre dont Salomé était sortie pour entrer au salon, et, se couchant sur le tapis, le nez collé sous la fente de la porte, il flaira avec une sorte d'inquiétude, puis il se releva, battant du pied.

Ne vous en préoccupez pas, dit sir Samuel. Rinco a des haines, des rancunes ; il est vindicatif à l'exès ; un jour il a voulu caresser Mlle Mia, de trop près ; il en a reçu une griffade qu'il ne lui pardonne pas.

— Mais cette demoiselle....

— Oh ! rassurez-vous sur son compte ; c'est une panthère noire de Java qui est bonne pour se défendre.

Et sir Samuel continua ses démonstrations, quoique l'insistance de Rinco à se tenir le nez collé contre porte, finit par le préoccuper, car, à différentes reprises, il jeta de côté des regards étonnés.

Rinco était évidemment averti par son instinct qu'il se passait derrière cette porte quelque chose d'anormal.

Tout ce que se passait chez sir Samuel, paraissait de plus en plus extraordinaire aux deux jeunes gens.

Quelle idée d'élever un singe et de lui donner de l'éducation ?

— Est-ce que Rinco vous rend autant de services que le nègre Mambo? demanda Henry.

— Je comprends pourquoi vous me posez cette question, dit sir Samuel. Vous pensez qu'un domestique me serait plus utile que ce singe. Détrompez-vous.

— Mon singe, reprit sir Samuel, dans beaucoup de circonstances est presqu'un homme, dans beaucoup de circonstances encore il est plus qu'un homme.

D'abord il est d'une reconnaissance, d'une fidélité, d'un dévouement à toute épreuve ; je suis tombé blessé en pleine forêt et je suis resté sans connnaissance, à mon estime du

moins, pendant cinq jours ; quand je repris
mes sens, j'étais couché sur une espèce de
lit arrangé par Rinco dans l'entrefourche
d'un arbre immense. Pauvre Rinco ! Il m'avait
emporté là et soigné là, léchant mes bles-
sures. Revenant aux instincts primitifs de sa
race, il avait fabriqué pour lui et moi une
espèce de cabane sur cet arbre, il avait
trouvé de l'eau pour me faire boire, des baies
acides pour calmer ma fièvre, il m'avait ca-
ché, défendu la nuit contre les panthères et
sauvé.

Rinco charge sa carabine avec discerne-
ment, il tire admirablement, mais il ne vise
pas comme nous, il ne couche pas en joue
et se contente de placer l'arme plus ou moins
horizontalement au juger. Il touche presque
toujours. Je n'ai jamais pu lui apprendre à
se servir des mires.

Il sait de plus rôtir un filet d'hippopotame,
il allume un feu, il prépare un consommé et
le fait bouillir doucement, il est excellent

palefrenier et meilleur écuyer encore ; il a mille qualités.

— Mais quels défauts ? demanda Henry.

— Il est moins gourmand que Mambo mon nègre, il est grand pillard du bien de l'ennemi et même des indifférents. Il m'a mis sur les bras de très mauvaises querelles avec les tribus nègres par ses rapines et surtout par ses rapts, car il adore les noires.

Les deux jeunes gens se regardèrent avec étonnement.

— Vous n'ignorez cependant pas, dit sir Samuel, que les singes ont un goût très prononcé pour les négresses et qu'ils les enlèvent souvent, les conduisant en forêt et les accablant de prévenances. Par malheur les produits de ces amours sauvages sont toujours immolés en naissant par les sorciers nègres qui prétendent que les plus grands malheurs fondraient sur la tribu ou l'un de ces métis serait élevé. Heureusement Rinco est père de trois hommes-singes, que je fais

élever d'après des systèmes différents, et j'espère qu'ils parleront distinctement. Du reste
Rinco n'est pas aussi dépourvu de la parole
qu'on l'imaginerait. Il nomme chaque objet
dont il se sert habituellement par un cri spécial, toujours le même. Quand il a trouvé
une piste il sait me dire si c'est celle d'un
lion ou d'un rhinocéros. Il sait aussi nommer
ses besoins, la faim, la soif, la fatigue.

— En somme, croyez-vous, comme Darwin,
que l'homme descend du singe? demanda
Henry.

— Si vous pouviez faire parler Rinco, il vous
affirmerait que le singe peut descendre de
l'homme, car il est bien persuadé que je suis
son père, de là l'autorité qu'il croit pouvoir
s'adjuger sur tous mes serviteurs. Malheureusement Rinco ne peut parler, car s'il parlait, un grand problème serait résolu, Rinco
serait un homme. J'ai pu lui faire comprendre l'arabe, du moins certaines choses, beaucoup de choses ; mais il n'en formule pas un

mot. Cependant il a un langage rudimentaire
fait d'exclamations et de syllabes imitatives.

A la chasse, il me signale les sangliers
en faisant gnouf ! gnouf ! comme notre com-
père Grassot : le lion pour lui s'appelle Brrour.
C'est l'onomatopée du rugissement. Le mou-
ton se nomme Bée, comme pour les petits enfants, voilà où j'en suis. Mais je suis
sûr qu'après plusieurs générations cultivées,
on arriverait à faire parler les singes distinctement.

— C'est possible.

— C'est une expérience à faire. Si elle demande plusieurs générations de singes, elle
demande plusieurs générations d'hommes. Je
ne puis donc la mener à bien ; toutefois j'ai
fondé aux Indes une société dans ce but. Nos
fils sauront donc à quoi s'en tenir.

— Mais si les métis que vous élevez sont
doués de la parole...

— Ce ne sera pas une preuve suffisante,
car le cheval est d'une autre espèce que

l'âne, et cependant ils donnent le mulet, qui
est infécond. La preuve, la vraie preuve sera
faite, si les fils de Rinco sont féconds.

— Voilà, certes, des expériences curieu-
ses.

— Les plus savantes sociétés s'y intéressent
et quelque jour, Rinco et ses enfants seront
célèbres dans le monde. Du reste, si je con-
sentais à laisser exhiber mon singe dans une
salle d'escrime, il se ferait une réputation
de tireur. Vous allez le voir à l'œuvre.

Et sir Samuel interpella son singe en
arabe.

Rinco parut faire la sourde oreille tout
d'abord.

Evidemment l'ordre que lui donnait sir
Samuel ne lui plaisait point.

Celui-ci le lui réitéra en le menaçant du
doigt, et Rinco disparut obéissant non sans
regret.

Il va chercher sa camisole de force, dit sir
Samuel.

— Vous l'attachez donc ? demanda Henry.

— C'est-à-dire que je lui ai fait faire un plastron solide auquel j'ai fait adopter des courroies pour retenir appuyée sur les reins une des mains de Rinco.

— Pourquoi ?

— Parce qu'il veut toujours saisir mon arme avec sa main non armée, quand elle est libre de ses mouvements.

— Vous n'avez pu corriger ce défaut ?

— Rien n'y fait. C'est un instinct qui reste invincible, parce qu'il est logique. Rinco, j'en suis sûr, se fait un raisonnement et se dit qu'il est absurde, ayant deux bras, de n'en employer qu'un.

— En effet, tout à l'heure, il voulait se servir des deux fleurets.

— Au moyen âge, les tireurs avaient une dague dans la main gauche.

Rinco reparut, et, sur un signe de sir Samuel, il endossa sa cuirasse avec mauvaise humeur, mais il mit son masque avec un

plaisir évident, il appréciait cette arme dé-
fensive qui protégeait ses yeux.

Il fit quelques protestations avant de se
laisser attacher la main gauche, il s'y rési-
gna cependant, et, quand il vit sir Samuel
tomber en garde, il commença l'attaque.

Loin de conserver les poses régulières, les
attitudes académiques, sir Samuel imita
presque les allures du singe.

Celui-ci, allongé, semblait plutôt ramper
que marcher ; il n'engageait pas le fer, rompait, sur la moindre menace, par un bond
prodigieux, et revenait sur l'adversaire avec
un élan furieux ; il portait alors une série de
bottes avec une rapidité vertigineuse, en
poussant des cris terribles, puis il se dégageait et allait s'acculer dans un coin de la
salle.

Mais il attaquait de nouveau, enveloppant
son adversaire comme un tourbillon.

Les deux jeunes gens émerveillés suivaient
les phases du combat et remarquaient que sir

Samuel avait beaucoup de peine à résister
aux assauts du singe.

Celui-ci, du reste, était très rusé, très adroit
et tenait très bien son arme.

Sir Samuel mit fin au combat et dit à ses
deux invités.

— Vous avez dû remarquer que les coups
qui ont touché étaient des coups fourrés ;
ceci tient à ce que Rinco riposte toujours sur
une blessure ; il est animé d'une résolution
redoutable, et, dans un duel sérieux, je ne
voudrais point parier qu'il ne serait pas tué,
mais je parierais qu'à coup sûr il tuerait son
adversaire ; parce que, blessé à mort, il lui
porterait, quand même, un coup d'épée et
toujours un coup droit.

— Vous ne pensez pas que contre Rinco
l'on pourrait employer la méthode classique ?

— Essayez, dit Samuel.

Henry tenta l'épreuve, elle fut décisive
contre lui ; Rinco cribla le jeune homme, très

mortifié ; car le singe célébra son triomphe par les gambades les plus insolen-
tes.

— Vous avez dû remarquer, dit sir Samuel,
combien l'imprévu vous démonte. Je vous le
répète, la salle d'armes donne des habitudes
et les coups y sont des séries, des enchaîne
ments ; la main s'accoutume, pare d'elle-
même. Si elle ne rencontre ni la garde ni
l'attaque, ni la parade ordinaire, son habileté,
faite de pratique, est paralysée.

— Je commence à le croire.

—Un jeune homme qui n'a jamais manié une
arme, mais qui est résolu, tire un peu comme
mon singe ; ainsi s'explique l'issue de certains
duels, dont je vous ai parlé. J'ai songé qu'en
étudiant les allures de Rinco, j'arriverais à
me créer une méthode aussi bonne que peu
académique. J'ai pris, comme point de départ,
celle de Jean-Louis, un maître aux armées
d'Italie sous l'empire. Un de ses rares disci-
ples survivants, vieux sapeur du génie re-

4

traité, M. Massol, a conservé les traditions
de cette école.

S'adressant à Antony :

— Vous jouerez un jeu absolument in-
connu de votre adversaire. De plus, quoique
la botte secrète n'existe point, je vous mettrai
bien en main cinq ou six coups parables certainement, mais pour ceux-là seulement qui
les ont pratiqués. Et ils sont rares.

En ce moment on entendit des cris stridents
poussés par une voix d'enfant.

Sir Samuel pâlit, Rinco s'agita extraordinairement.

VI

LA PANTHÈRE NOIRE

Sir Samuel, visiblement inquiet, courut
vers la chambre d'où sortaient les appels ;
il en ouvrit la porte, la referma violemment
sur le nez de Rinco, qui voulait le suivre et
qui resta tout penaud dans le salon, n'osant
aller plus loin.

Après une seconde d'attente. Il se rejeta
à plat ventre, le nez contre la fente, éven-
tant ce qui pouvait bien se passer derrière
cette porte.

On entendit bientôt des miaulements formidables.

Alors Rinco se releva, fit semblant d'empoigner quelque chose de sa main gauche et de frapper dessus avec la main droite.

Et il criait très distinctement.

— Paf ! Paf ! Paf !

Puis il se mit à gambader et à grimacer avec une joie délirante.

La porte se rouvrit, sir Samuel reparut.

Il tenait par la peau du cou une panthère noire, trois fois grosse comme un chat.

Derrière lui, aussi furieuse que la panthère et enveloppée dans un peignoir de mousseline, taché du sang qui coulait d'une égratignure à la main, Salomé se précipita.

Mais voyant les jeunes gens, elle s'arrêta sur le seuil.

Par un mouvement brusque, mais fort jolie dans sa spontanéité, elle retira sa pantoufle dorée et la lança contre la panthère, puis elle se sauva, plutôt qu'elle ne rentra dans sa chambre.

Sir Samuel jeta la panthère au milieu du salon et dit :

— Décidément Mia devient détestable ; elle n'est bonne qu'en campagne.

Rinco, son fleuret en main, voulut s'élancer contre son ennemie ; mais d'un geste, le maître le cloua sur place.

Mia faisait le gros dos au milieu du salon ; sir Samuel ne paraissait pas lui en vouloir outre mesure.

— Elle n'a point sa pareille à la chasse, dit-il. Grâce à elle, Rinco et moi, nous avons pris presque toutes les giraffes qui ornent les musées de l'Europe ; or rien n'est plus difficile que de s'emparer d'une giraffe vivante par les moyens ordinaires. Mais j'ai imaginé de poster Mia sur un arbre, vers lequel nous poussions le troupeau ; Mia saute sur l'animal qui est le plus à sa portée et se cramponne sur son dos. Nous menons la chasse en

ménageant nos chevaux, jusqu'à ce que la
giraffe affolée, fatiguée, soit forcée. Dès lors,
elle est à nous.

Chose bizarre ! En campagne Mia et maître
Rinco sont les meilleurs amis du monde. Ici,
ils se battent.

— Qui a tort ?

— Mia. Elle est insupportable en appartement. Tout à l'heure Salomé s'est aperçue
que la Panthère était blotti à ses pieds, sur
son lit, elle a voulu la chasser. La panthère
l'a griffée comme vous l'avez vu. De là, les
cris de Salomé, qui n'est point patiente non
plus. Elle s'était jetée sur un poignard et
elle allait égorger Mia, si je n'étais venu.

— Mais cette panthère est dangereuse pour
une jeune fille ! dit Henry.

— Détrompez-vous. Salomé est bien autrement redoutable. Si vous la connais-
siez...

En ce moment Rinco, qui n'avait point
cessé de regarder sournoisement la panthère,

profita d'un mouvement de celle-ci, pouvant passer pour agressif, il lui allongea un vigoureux coup de fleuret.

Mia furieuse s'élança sur lui et une lutte féroce s'engagea.

Mais le singe avait cet avantage que les griffes de Mia s'enfonçaient dans le plastron et que ses dents ne mordaient que le masque.

Lui, de ses longues mains de singe, il étranglait son adversaire.

A bout de respiration, Mia lâcha prise d'autant plus vite que sir Samuel distribuait, libéralement et à peu près également, sur le corps des deux adversaires, une abondante volée de coups de fleuret qui cinglait ferme.

Le singe s'enfuit et la panthère se réfugia sous le canapé.

— Voilà une scène désagréable, dit sir Samuel : je vous en faits mes excuses. Quand vous reviendrez, Mia sera partie. Du reste,

je vais · vendre tout ce que j'ai rapporté de
précieux ici.

— Une collection si rare ! fit Henry.

— La rareté est chose relative ; dit sir Samuel. Toutes ces curiosités abondent au pays
d'origine. Je m'en déferai ici avec un bénéfice
énorme, et j'en retrouverai là-bas autant que
j'en voudrai. Du reste, il me faut battre monnaie pour mon expédition, dont vous serez,
Antony, si vous me tuez proprement ce M. Richard.

— Ainsi, Monsieur, demanda Henry, en
plein dix-neuvième siècle, il est encore possible de trouver des *toisons d'or* et des jardins
des Hespérides ?

— Oui, dit sir Samuel. Il y a quelque part
plus de cent millions qui dorment dans le sable depuis des siècles : il s'agit d'aller les
déterrer et de les transporter en pays civilisé.

— Cent millions ! murmura Antony.

— Au bas mot ! dit froidement sir Samuel.

— Et vous êtes sûr...

— Je suis certain. Quand vous me connaîtrez mieux, Messieurs, vous tiendrez mes affirmations pour sérieuses et vous y ajouterez foi.

Les deux jeunes gens s'inclinèrent.

Sir Samuel ajouta :

— Vous savez que M. Isaac, le banquier, est un homme d'affaires qui passe pour être prudent et calculateur.

— Réputation méritée ! dit Henry.

— M. Isaac m'a offert de fournir les fonds de mon entreprise.

— Je la tiens pour réalisable alors !

— J'ai refusé l'offre de M. Isaac, parce que j'aurais dû lui faire une part que je juge trop belle ; je réaliserai donc toutes mes valeurs.

Puis, comme il se faisait très tard, ou plutôt très matin, Samuel dit aux deux jeunes gens.

— Messieurs, nous avons tous besoin de

dormir, j'engage M. Antony à se reposer trois heures, à prendre un bain maure au Hammam, et à revenir ici pour recevoir, avant déjeuner, sa première leçon d'armes.

Antony remercia sir Samuel avec affection et les deux jeunes gens prirent congé de lui.

VII

RÉFLEXIONS

Une fois dehors, il sembla aux deux jeunes gens qu'ils sortaient d'un rêve.

— Que penses-tu de tout ceci ? demanda Henry.

Antony se retourna, jeta un coup d'œil sur cet hôtel qui contenait tant de merveilleux objets et d'êtres singuliers, et s'abandonnant à un mouvement bien naturel dit :

— J'ai besoin de revenir dans cette mai-

son, de voir, de toucher, d'entendre, pour
croire.

— Croire à quoi ?

— A l'invraisemblable. Est-ce que tout cela
te paraît naturel ?

— Extraordinaire mais logique. Tout s'enchaîne.

Antony secoua la tête.

— Moi, dit-il, je croirai quand j'aurai trouvé
chez moi le billet que sir Samuel m'a promis.

— Pressons le pas.

Ils se hatèrent.

— Sais-tu, Antony, que tout cela est bien
mystérieux? Ce revenant du lac Echad et
d'autres pays invraisemblables...

— Mais Cameron, Stanley et d'autres ont
sillonné l'Afrique.

— Et les cent millions que je dois conquérir avec lui?

— Pourquoi pas? Il y a eu de par le monde
tant de révélations, tant de cataclysmes ! Il

peut se faire qu'un trésor immense ait été englouti.

-- Enfin, dit Antony, nous voici arrivés ! Si le billet est chez moi, je crois à tout.

Il était arrivé devant l'hôtel meublé où il demeurait.

Un garçon, bouffi de sommeil, qui dormait dans le bureau, se leva et lui remit son bougeoir et sa clef.

— N'y a-t-il pas de lettre pour moi ? demanda Antony.

— Je ne sais pas, dit le garçon.

Et regardant dans les casiers numérotés :

— Non. Rien à votre numéro.

Antony eut un sourire amer.

— J'ai eu tort de croire et d'espérer ! dit-il. Bonsoir. Henry.

— Qui sait ? dit Henry. Demain tu auras ton billet.

En ce moment, Antony se sentit tirer par la manche et se retourna ; il vit un négrillon, haut comme une botte de gendarme, groom

5

incomparable, qui était entré dans l'hôtel, en se glissant derrière eux.

Il s'adressa au garçon et lui demanda en mauvais français !

— Est-ce M. Antony un de ces deux Messieurs ?

— Oui ! dit le garçon avec humeur en se frottant les yeux.

— Lequel ?

— Celui-ci.

Le négrillon remit une lettre à Antony et disparut ; on entendit la porte de l'hôtel se refermer derrière lui.

— En voilà un crampon ! s'écria le garçon. Depuis dix heures, à chaque personne qui entre, il demanda : « Est-ce *Moussi* Antony ! Si j'avais su que c'était pour une lettre, je lui aurais dit de la mettre dans votre casier.

Antony, très ému, avait brisé le cachet et lu en tremblant de plaisir.

— Ah ! mon ami, dit-il à Henry, quel qu'il

soit, je tiens sir Samuel pour le plus galant homme.

Egoïste comme tous les amoureux, il brusqua ses adieux à son ami pour aller lire, relire, dévorer sa lettre.

VIII

UNE FAMILLE JUIVE

Henry avait quitté Antony avec un léger froissement de cœur.

C'était un caractère franc, exubérant, tout en dehors, qui n'admettait point que l'on pût avoir un secret pour un camarade.

Antony, tout aussi loyal que son ami, avait des délicatesses de tempérament qui lui commandaient une certaine réserve.

Aussi n'avait-il jamais parlé de sa fiancée.

Henry ne doutait plus que ce ne fut M[ile] Isaac ;

aussi voulut-il se renseigner sur son compte et compléter ce qu'il savait de sir Samuel.

De Verteuil connaissait ce dernier, nous l'avons vu ; de plus, le secrétaire d'ambassade dînait quelque-fois chez le banquier Juif ; il alla déjeuner au café anglais, où il savait trouver de Verteuil, non moins désireux d'éclaircissements que lui.

Ils s'isolèrent.

Ce fut de Verteuil qui posa la première question.

— Ah ! ça, mon cher, demanda-t-il, savez-vous pourquoi sir Samuel a pris parti pour votre ami Antony ? Cela m'étonne de sa part, car il s'intéresse rarement à ce qui ne le regarde point.

— Je ne puis vous dire exactement, répondit Henry, quel est le motif qui a poussé sir Samuel ; mais je sais que le hasard n'est pour rien dans cette affaire. Cet Anglais était venu, il l'a dit lui-même, avec l'intention bien arrêtée de parler à Antony.

— Vous venez de dire cet Anglais !

— Eh bien ! Son nom n'indique-t-il pas une origine britannique ?

— Mon cher, M. Samuel ayant rendu d'immenses services à l'Angleterre, services dont il a fait peu de bruit du reste, la ville de Londres lui a donné le droit de bourgeoisie. Il peut donc se réclamer des consuls et des ambassadeurs anglais partout où il ira. Mais qu'il ait une goutte de sang anglo-saxon dans les veines, j'en doute fort.

— Qui est-il en somme ?

— Qui pourrait le dire ? Je l'ai connu un peu partout, toujours extraordinaire, toujours énigmatique. Etant à l'ambassade de Pékin, j'ai entendu parler de lui avec beaucoup de considération par les mandarins. Que faisait-il en Chine ? Personne n'a pu me le dire.

Je l'ai rencontré à Calcutta menant un train de Prince et jouissant auprès des Brahmines d'une réputation et d'une autorité dont vous

n'avez pas idée. Comme je séjournais au Cap
de Bonne-Espérance, me rendant à Madagas-
car, j'appris qu'il avait récemment rendu à
la colonie anglaise de Natal l'immense service de pacifier les zoulous, qui se révol-
tèrent plus tard, faute que le gouverneur eût
suivi ses conseils.

Ne vous étonnez donc pas si, me trouvant
à Constantinople et le rencontrant dans
Péra, j'ai renoué connaissance avec lui. Il
passait pour un personnage considérable et
il était reçu chaudement à l'ambassade de
S. M. Britannique.

J'ai su comme tout le monde à Constantinople, que sir Samuel était un voyageur intrépide, comme je vous l'ai déjà dit. Quant à
connaître son vrai nom, son but, sa nationa-
lité, impossible. Il ne raconte point facilement sa vie.

Mais je réponds qu'il est bon gentleman,
très gentilhomme pour être, car il était l'invité du Prince de Galles dans le voyage que

celui-ci fit aux Indes. On le traitait avec les plus grands égards.

— Lui avez-vous rendu visite à Paris ?

— Non. Il ne m'y a pas invité. Il y est, je crois, campé pour peu de temps.

— Alors, vous ne connaissez ni Mambo, le nègre ; ni Mamba la négresse ; ni le singe Rinco ; ni Salomé, la Mauresque ; ni enfin la Panthère Mia.

— Mon cher, j'ai renouvelé connaissance avec sir Samuel hier soir au cercle ; il m'a invité à lui rendre visite, et j'irai certes. Mais racontez-moi donc ce qui s'est passé.

Henry intéressa beaucoup M. de Verteuil en lui disant comment Antony avait pris une leçon d'armes ; il se tut sur le compte de Valentine.

Cela n'était point son secret ; mais il interrogea de Verteuil sur le banquier Juif.

— Sir Samuel, dit-il nous a parlé de M. Isaac, que vous connaissez, je crois.

— Je suis assez bien vu de M. Isaac, dit de

5

Verteuil. Mlle Valentine m'a fait l'honneur de
ne point me prendre en grippe et de trouver
quelque plaisir à m'entendre parler de mes
voyages. Voulez-vous que je vous présente
un soir ?

— Peut-être ! Nous en reparlerons. Mais
quelles gens sont-ils ?

— Les dames sont parfaites, quoique Mlle Valentine soit d'un caractère un peu bizarre.
Quand à M. Isaac, c'est un Monsieur qui
vaut dix fois, cent fois peut-être son pesant
d'or en banque, tout en ne valant pas cher
moralement.

— Ah ! fit Henry, on lui reproche.....

— Tout et rien. Il est ladre, roué, indéli-
cat, mielleux dans le monde, insolent dans
ses bureaux et capable de tous les vols qui
ne mènent pas en police correctionnelle.

— Vous le dites avare et il donne des
fêtes !

— Parce que sa femme le veut. Elle do-
mine son mari, elle doit le tenir par quelque

gros secret ; il semble ne pas compter dans
la maison.

Je me souviens vaguement que l'on a parlé
de lui comme étant un Juif d'Alger dont la
fortune aurait été faite surtout par un associé
mystérieux.

J'ai essayé de démêler la vérité au milieu
de tous ces racontars. Je vais vous dire ce
que j'en pense. Mais je ne vous garantis rien.
Je crois que cet Isaac était un de ces Juifs
qui achètent aux chasseurs de Laghouat et
des autres oasis les dépouilles d'autruches.
Il avait connu là un jeune homme, un chasseur fameux, qui gagnait énormément
d'argent dans des expéditions audacieu-
ses.

Ce chasseur aurait eu une aventure roma-
nesque avec une jeune fille qui ne serait autre que Mme Isaac ; ne voulant pas épouser la
jeune fille pour une raison ou pour une autre,
il aurait proposé à Isaac de la prendre pour
femme et d'adopter une petite fille née de

leurs amours. Isaac, tenté par une grosse dot, aurait consenti.

Je crois que la dot était le point de départ de la fortune d'Isaac : il a été stipulé que la moitié de tous les bénéfices réalisés plus tard, seraient donnés à Mme Isaac. Et le banquier exécuterait le traité, parce qu'il plane sur sa tête une menace de mort.

Du reste, il a tout intérêt, dit-on, à bien agir en cette circonstance, car le mystérieux chasseur vit toujours, et, grâce à de hautes influences, il parvient à faire réaliser des gains énorme à M. Isaac.

— Mais, s'écria Henry, sir Samuel.....

— Sir Samuel, fit M. de Verteuil, pourrait bien être le chasseur qui a doté Mme ..aac, il serait le père de Mlle Valentine. A vrai, dire, elle lui ressemble. Elle ressemble aussi à sa mère ; elle est, par celle-ci, de race orientale ; voilà pourquoi on l'appelle *La Belle Levantine*.

— Je commence à comprendre bien des choses, murmura Henry.

— Mon cher, fit M. de Verteuil, je vous en ai peut-être dit trop sur les Isaac ; j'espère que vous n'allez pas trop répandre les informations que je vous ai données par amitié, et surtout que vous ne direz jamais de qui vous tenez vos renseignements !

— Comptez sur moi.

Et, enchanté d'en savoir si long, Henry, qui n'avait pas d'argent, étant décavé de son mois, ne s'attarda point au café.

Il s'en alla philosophiquement à la bibliothèque, où il passait son temps à étudier les vieux manuscrits, car il était élève de l'école de Chartres ; mais il ne travaillait et n'utilisait ses connaissances que quand il n'avait pas d'argent.

C'était un garçon que plusieurs héritages à dévorer avaient détourné du travail ; mais il avait du nerf et de l'intelligence ; le jour où l'argent lui manquerait sérieusement, il devait prendre carrière et étonner la haute gomme par des prodiges d'activité.

Malheureusement pour le clan des gandins, de ceux qui deviennent capables de quelque chose, on en compte un sur cent...

Voilà pourquoi la bourgeoisie baisse en France.

IX

LA BELLE LEVANTINE

Il est trois heures de l'après midi. Mlle Valentine Isaac a terminé sa toilette ; elle attend sir Samuel, qui doit l'accompagner au bois.

Elle s'impatiente.

Une jolie fille croit avoir le droit de n'être jamais contrariée.

Valentine avait dix-huit ans.

Elle était petite comme Cléopâtre l'était, brune comme elle, on lui reprochait les tons ambrés de sa peau mate, d'un grain fin et sa-

tiné; mais quelques artistes qui fréquentaient
le salon de sa mère proclamaient que ce teint
allait au contraire merveilleusement à son
type levantin.

Les mêmes artistes affirmaient aussi que,
dans sa mignonne et élégante petite personne,
Valentine était un bijou de femme, une merveille comme harmonie et perfection.

Comme type de figure, elle rappelait ces
belles têtes de reines égyptiennes, burinées
sur les monuments impérissables des tem-
ples élevés par les Pharaons; les yeux avaient
cette forme qui est le trait caractéristique
des figures de Sphynx : noirs, profonds, im-
pénétrables, immenses, ils répandaient sur
les traits une lumière calme et pure et donnaient à cette physionomie féminine une
expression très haute et très noble.

L'orgueil d'une race orientale supérieure
s'affirmait sur le front, haut sous les boucles
retombantes et d'un fier dessin.

La ligne mince et rouge des lèvres promet-

tait l'implacabilité dans la haine, cependant
cette bouche savait admirablement sourire.
Paris s''était engoué de cette beauté originale
qu'il avait baptisée La Belle Levantine.

Comment, avec un million de dot, après
avoir refusé les plus beaux partis, aimait-elle
Antony ?

Son instinct de femme l'avait guidée.

Entourée d'hommages, ayant excité l'admiration de Carpeaux et celle de Théophile
Gautier, qui fit son portrait à la plume dans
son roman égyptien, Valentine se croyait un
peu déesse, dès lors, elle était difficile à marier.

Elle voulait un mortel digne d'elle, mais
épris jusqu'à lui rendre un culte.

Il s'était trouvé qu'Antony, par ses extases
devant elle, lui avait fait la cour qu'elle sou-
haitait. Du reste, Antony, blond, rêveur, distingué et délicat, était le jeune homme qui
convenait à ce caractère hautain, à cette petite brune impérieuse, dominatrice et cé-

pendant très aimante, très affectueuse, capable même d'emportements dans la passion.

Puis Antony était poète ; elle était très artiste, l'art était un lien entre eux.

En ce moment, elle attendait sir Samuel, qu'elle appelait familièrement son oncle, parce que parrain, lui semblait insuffisant, tant elle avait de tendresse pour lui. Elle pensait que l'oncle Sam.... l'avait réconcilié avec Antony, qu'elle verrait celui-ci au bois et qu'elle recevrait un salut respectueux et un doux regard de reconnaissance de son fiancée.

Mais elle entendit tout à coup, dans l'antichambre, la voix de sir Samuel ordonnant de dételer.

Elle reçut un choc et eut le pressentiment d'un malheur.

Valentine s'était précipitée au devant de son oncle avec pétulance, enchantée qu'elle était de sortir enfin avec lui.

Mais en entendant sir Samuel donner
l'ordre de dételer, elle éprouva une vive con-
trariété.

Enfant gâtée, elle avait jusqu'ici fait toutes
ses volontés.

Son père ne comptait pas dans l'intéreur ;
il faisait ses affaires comme bon lui semblait ;
il menait sa vie comme il voulait, vivant bien
plus dehors que chez lui.

Il dînait au cercle, déjeunait au restaurant
ou dans son appartement.

Il n'apparaissait à la table de famille
qu'une ou deux fois par semaine, au salon
que les jours de réception.

Ses rapports avec sa fille se bornaient à un
échange de politesse très froides.

Pour tout le monde et surtout pour Valentine, c'était Mme Isaac qui commandait et qui
dirigeait.

Jamais la jeune fille n'avait songé à ce
qu'il y avait d'extraordinaire dans cette situation ; jamais elle ne s'était demandé

pourquoi son père ne l'embrassait point.

Depuis son enfance, les choses étaient ainsi, et elle ne s'en préoccupait pas.

Cependant elle aurait dû s'étonner d'une chose ; depuis que sir Samuel était arrivé, il avait pris un ton de maître dans la maison.

On eût dit que tout était à lui.

Valentine ne s'en était point choquée parce que jusqu'ici la volonté de sir Samuel n'avait point heurté la sienne.

Il s'était présenté en parent qui arrivait des pays fabuleux et enchantés comme on en décrit dans les contes de fées ; il avait comblé Valentine de merveilleux cadeaux et de caresses paternelles. Valentine s'était mise l'adorer.

Trouvant que ce n'était point assez qu'il fût son parrain, elle l'avait qualifié son oncle.

Il n'avait point protesté.

Mais voilà que sir Samuel s'avisait de contrecarrer sa volonté.

Voilà qu'il décommandait ce qu'elle avait

ordonné, qu'il changeait l'ordre d'une jour-
née, qu'il la clouait à la maison, quand elle
voulait sortir pour rencontrer son fiancé.

Cela parut étrange à la jeune fille; pour la
première fois de sa vie, elle ne faisait point
ce qui lui plaisait.

Enfant gâtée, elle avait toujours obtenu
tout de sa mère.

Choyée à la pension, elle avait tout dominé,
maîtresses et condisciples.

Dans l'entourage, tous les familiers, tous
les amis, par calcul, par sympathie ou par
habitude, s'étaient pliés à ses tyrannies.

Dans le monde elle obtenait des triomphes
incontestés.

De telle sorte qu'il n'était jamais entré
dans l'esprit de Valentine que quelqu'un
pût dire : Je ne veux pas ! lorsqu'elle avait
dit : Je veux !

Aussi quand sir Samuel entra, lui fit-elle
la moue.

Lui, grave, calme, dit d'un ton sévère :

— J'ai à vous parler de choses sérieuses, Valentine ; voyez à ce que nous soyons seuls. Vous seriez froissée si quelqu'un entendait ce que j'ai à vous dire.

C'était un ordre formel.

L'orgueil de la jeune fille saigna, mais elle obéit.

Il était difficile de résister quand sir Samuel commandait.

Valentine donna ses instructions à sa femme de chambre, qui remontait après avoir transmis au cocher l'ordre de dételer ; elle revint en prenant soin de fermer la double porte de sa chambre derrière elle ; puis d'un regard ferme et vaillant, elle interrogea sir Samuel.

— Asseyez-vous ! dit celui-ci. Ce sera long, l'heure est venue de vous apprendre bien des choses.

Il prit place dans un fauteuil et dit à la jeune fille attentive, mais évidemment hostile et blessée.

— Vous vous demandez (et c'est votre droit) comment il se fait que je commande ici, c'est bien simple. Tout est à moi.... même vous !

Valentine pâlit extraordinairement.

Il reprit.

— Ici en France, ce n'est pas absolument exact ; mais si j'avais mandé votre mère et vous au pays dont vous êtes, au Caire, où vous êtes née, vous seriez retombées toutes deux sous la loi qui règle les questions d'esclavage. Votre mère m'appartenait comme esclave ; je ne l'ai jamais émancipée légalement ; vous êtes fille de mon esclave et vous m'appartenez au Caire, pas ici.

— Et mon père, Monsieur ?

— Peuh ! fit sir Samuel, un Juif de Tunis ! J'espère bien que vous méprisez ça ? Que vous ne prenez pas ça pour un père sérieux, pas plus que le mariage de votre mère avec cet homme qui, du reste, n'est pas citoyen français.

Ces révélations, qui auraient dû écraser Valentine, surexitèrent son énergie ; sa fierté se révolta ; cette main mise sur elle par cet homme lui semblait une intolérable injure.

— Monsieur, dit-elle, je vous jure que je ne serai jamais l'esclave de personne. Si vous me disiez au Caire ce que vous venez de me dire ici, je me tuerais sur le champ.

— Très bien ! dit sir Samuel ; vous avez dans les veines un sang généreux et j'approuve fort votre protestation indignée contre l'esclavage.

— Alors, Monsieur, pourquoi me menacer et m'humilier ?

— Je ne vous ai pas menacée, je ne vous ai point humiliée. Personne n'est responsable des hasards de sa naissance, venir au monde esclave, ce n'est point déshonorant, ce qui l'est, c'est d'accepter le joug. Vous venez de déclarer que vous chercheriez un refuge dans le suicide et je vous en ai félicitée.

A mesure que sir Samuel parlait, Valentine reprenait un peu de sérénité ; mais elle restait toujours en défense ; car si sa susceptibilité était à peu près calmée, son émotion restait intense et profonde.

Elle avait reçu un choc moral considérable.

Ce parrain qu'elle aimait était un maître !

Mme Isaac sa mère était égyptienne !

M. Isaac était un père de fantaisie, un mari postiche.

Elle-même Valentine n'était point parisienne.

Cela surtout la touchait.

Sir Samuel reprit :

— Quand je suis entré, j'ai lu dans vos yeux que vous étiez fort mécontente ; vous avez eu un de ces regards comme en a quelquefois Mia, ma panthère. J'ai pensé qu'il était temps de vous donner des explications sur le passé et sur l'avenir.

6

L'allusion de sir Samuel à la Panthère blessa la jeune fille.

— Monsieur, dit-elle, je ne demande qu'une chose : la liberté. Je crois comprendre que jusqu'ici ma mère et moi nous avons vécu sous votre dépendance, parce que nous vivons de vos bienfaits ! Je ne saurais pour mon compte les accepter plus longtemps.

— Que ferez-vous?

— Je sais peindre. Mon professeur de dessin, une femme de tête et d'honneur, m'a souvent parlé de jeunes filles qui gagnaient leur vie avec leurs pinceaux. Dans une vente de charité, un de mes éventails vient d'être acheté deux cents francs.

De plus je suis musicienne, et mon ancienne maîtresse de piano, qui vit de ses leçons, avance que j'ai plus de talent qu'elle aujourd'hui. Enfin, Monsieur, j'ai de la voix. Devrais-je chanter dans les cours ; je saurai manger d'un pain honorablement gagné. Mais je ne plierai jamais, jamais !

— Qu'appelez-vous plier.

— Me soumettre à vous, par exemple, parce
que vous êtes riche ; vous obéir, parce que
tout est à vous comme vous l'avez dit.

Elle s'exaltait!

Sir Samuel ne faisait rien pour la calmer ;
il écoutait impassible.

— Alors, dit-il, à votre volonté! Pas de
guide! A vos caprices! Pas de freins ?

Ma mère, Monsieur, seule a des droits sur
moi.

—Ah! malheureusement, dans sa tendresse
aveugle, elle vous a donné une éducation in-
complète et vous a laissé ignorer qu'il est de
lourds devoirs à remplir dans la vie.

— Elle sait, Monsieur, que du moment où
il me sera démontré que c'est bien un devoir que je dois remplir, je le remplirai
dussé-je en mourir. Mais ce qui m'étonne,
c'est que ma mère, qui est une noble femme,
ait consenti à subir votre joug. Moi je me serais révoltée. Moi je me révolte !

Valentine jeta ce défi à sir Samuel dans une attitude superbe.

Sa tête de sphynx avait pris un grand caractère, le front rayonnant d'orgueil, les yeux resplendissant de courage, les lèvres frémissant d'indignation.

Sir Samuel lut dans ce regard une résolution indomptable.

— Ainsi, fit-il en souriant, c'est décidé ! Personne au monde n'a le droit de vous demander l'obéissance.

— Ma mère exceptée, non !

— Et votre père ?

— Si mon père vivait, il ne m'aurait laissé au pouvoir de personne.

Les traits de sir Samuel prirent une expression étrange ; il sembla à Valentine que les yeux de cet homme singulier s'imprégnaient de tendresse ; cette physionomie impassible s'anima et se fit si bienveillante et si douce, que la jeune fille en fut troublée.

— Bon sang ne peut mentir ! dit-il lente-

ment. Tu te révoltes contre un maître ; c'est le
fier instinct de ta race. La civilisation parisienne à passé sur toi, sans mordre sur le
bronze dont tu es faite.

Il ouvrit ses bras et dit.

— Viens embrasser ton père !

Elle poussa un cri de joie et sauta au cou
de Samuel.

Si fort qu'il fût, celui-ci plia sous l'avalan-
che de baisers dont Valentine l'écrasa.

C'était une explosion de joie, d'amour et
de bonheur qui éclatait avec une puissance
inouïe ; les généreuses violences de ce tempérament se faisaient jour avec une fougue
irrésistible.

Elle rugissait. Sa tendresse et ses exclamations française prenaient un accent guttural ;
elle tenait son père enlacé, dévorant ses joues ;
tantôt elle se rejetait en arrière, le couvait
d'un long regard, puis bondissait vers lui
avec des allures de lionne s'élançant sur
une proie.

Enfin, épuisée, elle se pelotonna sur un coussin, l'instinct de la race la ressaisissait : elle prenait les attitudes orientales sans les connaître.

Succombant sous l'influence de la réaction qui s'opérait après cet élan sauvage, Valentine sentit les larmes jaillir de ses yeux ; par un geste gracieux, elle cacha son visage dans ses deux mains et sanglota.

Puis calmée, relevant la tête, elle dit charmante :

— Tu vois que j'ai le cœur brisé en pensant que j'ai lutté contre toi.

Et vivement...

— Mais tu pardonnes, n'est-ce pas ! Je défendais ta fille contre un autre... puisque j'ignorais que tu étais mon père.

— Et tu obéiras maintenant ? demanda sir Samuel.

— A toi, toujours !

Sir Samuel s'assit près d'elle, prit ses deux mains dans les siennes et lui dit :

— Je n'aurais pas voulu sitôt te dévoiler
le secret de ta naissance, et j'espérais, comme
parrain, comme oncle adoptif, avoir conquis
assez d'influence sur toi pour dominer et
diriger ta vie. Mais, à la façon dont notre entretien a tourné, j'ai compris qu'il était
temps d'invoquer mon autorité paternelle.

— Quel bonheur ! fit-elle.

— Qu'en sais-tu ? J'estime, moi, que c'est
un malheur.

— Tu m'inquietes.

— Juge toi-même. J'étais pour toi cet excellent oncle Sam.., que tu voyais avec plaisir, sans trop te préoccuper de ses voyages.

Je partais ! Bon voyage, oncle Sam ! Je re-
venais ! Bonjour oncle Sam.

— Oh ! je t'aimais bien.

— Oui, je sais ; mais maintenant tu vas
vivre dans un tourment perpétuel. Ce luxe
que je te donne, je le gagne dans des entreprises hasardeuses tentées aux quatre coins
du monde.

— A quoi bon ce luxe ?

— Ta mère descend des rois de Georgie, je lui devais cette existence, je la lui ai donnée.

Puis, moi-même je ne puis accepter la médiocrité. J'ai toujours marché de pair avec les plus grands et les plus riches, c'est une habitude prise ; je ne veux pas déchoir.

Elle s'attrista.

— Et tu vas continuer ces courses si longues, aux extrémités des mers ?

— Une seule chose pourrait me permettre de fixer dans quelque paradis terrestre mes pas errants.

— Voyons ? fit-elle.

— La réussite d'une expédition qui me donnera tous les millions dont j'ai besoin pour doter mes filles.

— Tes filles ? J'ai donc des sœurs ?

— Une seule.

— Où est-elle ?

— A Paris.

— Oh ! je veux la voir.

— Non, certes.

— Pourquoi ?

— Parce que Salomé est orpheline, et elle a été élevée par une vieille négresse dans un coin perdu, loin du monde ; c'est une petite panthère, comme toi, mais qui n'a pas reçu la moindre éducation ; c'est une sauvage, dans le sens absolu du mot. Elle est d'une jalousie féroce et je suis convaincu qu'elle concevrait pour toi une haine implacable.

— Mais c'est désolant.

— Je vais la mettre aux mains d'une institutrice qui la formera ; quand ce sera possible, je la placerai dans une pension ; la civilisation et l'instruction l'assoupliront.

— Ne pourrais-je donc la voir sans lui dire que je suis sa sœur.

— Oui, après mon départ.

— Et cette expédition ? Je t'en supplie, ne me cache rien. Elle est dangereuse ?

— Très dangereuse.

Elle pâlit.

—Tu serais plus pâle encore si tu savais tout, dit sir Samuel.

— Qu'y-a-t-il donc encore?

Sir Samuel se recueillit, puis il reprit d'un ton lent et sévère.

—Je n'ai pu te former moi-même. Il n'est pas dans le caractère oriental de ta mère, dans dans ses idées, dans ses tendances, de te diriger comme il eût fallu. Les leçons que je puis te donner étant rares doivent être fortes. S'il ne s'était agi que de moi, je serais parti sans t'éclairer sur cette expédition ; mais tu es fiancée, tu veux te marier ; je juge que tu serais une femme impossible, détestable, si tu restais capricieuse, volontaire, tyrannique comme tu l'es.

Et gravement :

—Tu l'aimes, n'est-ce pas ce jeune homme?

— Oh! oui.

— Eh bien, je l'emmène !

Il y eut un silence.

Valentine avait baissé la tête.

Sir Samuel reprit :

— Je l'emmène parce que je veux en faire un homme. Digne de moi et de toi ! Je l'emmène parce que je ne veux pas que tu le domines, parce qu'il faut au contraire qu'il t'oblige au respect et à l'admiration ; sinon tu finirais par l'annihiler, et de ton mari tu ferais l'humble valet de ton cœur. Je te le ramènerai grandi par le péril, bronzé par des épreuves terribles, ne craignant rien au monde.

Au lieu d'un petit poète de boudoir, je te donnerai une intelligence d'élite : qui aura pris son essor au milieu des espaces immenses que nous allons parcourir.

Enfin, il ne te devra rien, car il aura gagné ta dot !

— Ah ! fit-elle, vous êtes vraiment grand, mon père.

— Tu vas passer des jours d'attente dans l'angoisse, car tu m'aimes et tu l'aimes ; s'il survit, ce que j'espère, tu sauras le prix du bonheur et tu en seras avare.

— Si vous mourriez !

— Ma chère enfant, en ce cas, je ne saurais te donner aucun conseil.

Il eut un singulier sourire et continua ainsi :

— Je ne parlerai pas de moi. On ne se suicide pas pour suivre un père dans sa tombe, on le pleure, on se console et l'on pense doucement à lui, c'est la loi de la nature; c'est tout différent pour le mari généralement.....

Il parut hésister.

— Dites ! fit-elle.

— Généralement on oublie le mari assez vite!

— Oh ! protesta-t-elle, scandalisée.

— Ma chère enfant, aux Indes, j'ai vu une veuve monter délibérément de son plein gré, j'en étais certain, sur le bûcher qui allait brûler le corps de son mari. La police anglaise arriva juste à temps pour arracher cette malheureuse aux flammes ; trois semaines s'étaient à peine écoulées, qu'elle avait pris un amant.....

Valentine voulait parler.

— J'ai vu, lui dit sir Samuel, des deuils qui dataient aussi de trente ans; mais je sais que des jeunes filles qui se sont jetées à la rivière par suite de chagrins d'amour, ont été repêchées et... guéries du suicide par le bain.

Il reprit sérieusement.

— Si nous mourons, sache que la vie est une bonne chose, pour une enfant de vingt ans qui a devant elle une fortune assurée; la tombe est humide et froide.

— Mais vivre sans aimer, c'est vivre sans la lumière du jour.

— Un soleil succède à l'autre.

— Comment! Vous croyez qu'on peut aimer deux fois?

— Cela m'est arrivé, dit froidement sir Samuel; du reste ma fille, l'heure venue, résiste au premier coup du désespoir. Il est indigne d'une âme d'élite de prendre une résolution suprême sans avoir mesuré son courage au malheur, qui la frappe. Si les mois

7

s'écoulent et que la vie semble amère, quitte-
la sans bruit et décemment.

— Ainsi ferai-je dit-elle.

Il la regarda avec tendresse, puis il lui dit
doucement.

— Je t'ai parlé d'une forte leçon qui t'obli-
gera à te dominer. Prépare-toi à subir une
cruelle épreuve.

— Elle se leva, ferma les yeux, compre-
nant bien qu'elle allait entendre quelque
grave révélation .

— Je veux, je te l'ai dit, reprit sir Samuel,
emmener avec moi ton fiancé ! Tu trouves
peut-être que j'ai pris là une résolution
cruelle ; j'ai cependant de graves raisons
pour jeter ainsi ce jeune homme en pleine
vie d'aventures. Mais songe à ce que tu as
fait, toi.

— Moi ?

— Oui, toi.

Par vanité froissée, sans entendre une jus-
tification, légèrement, frivolement, parce

que tu te jugeais incomparable, parce que ton amour-propre saignait d'une piqûre, tu as mis ce jeune homme au désespoir.

Et il se bat dans trois jours, ayant cherché querelle, pour mourir, au plus redoutable spadassin qu'il connaissait. Voilà pourquoi nous n'allons pas nous promener aux Champs-Elysées.

Puis la soutenant, parce qu'elle s'affaissait, il la posa dans un fauteuil et lui dit en lui donnant un baiser.

— Et maintenant, dit-il, pleure, mais espère ; je suis son témoin, et je vais lui donner la première des leçons d'armes qui feront probablement tourner la chance en sa faveur.

Il la quitta, lui laissant cette espérance, après lui avoir jeté au cœur cette inquiétude qui éprouve et qui épure l'amour.

X

LE DUEL

Ce duel d'Antony occupait et passionnait Paris.

On connaissait Richard.

Plusieurs morts d'hommes, loyalement tués, il est vrai, lui avaient donné une réputation méritée de spadassin dangereux.

On le craignait beaucoup ; on l'aimait peu.

Il était du reste la preuve vivante de l'absurdité du duel.

Sa supériorité trop éclatante au jeu de l'épée lui donnait une morgue insupportable

qu'il fallait supporter, car pour un oui, ou
pour un non, pour une observation, pour un
sourire, il vous provoquait.

Et se battre avec lui, c'était avoir quatre-
vingt-dix chances sur cent de mourir.

Plusieurs avaient eu le courage absurde de
vouloir réprimer ses insolences, il les avait
tués ou grièvement blessés.

Ils étaient tombés victimes d'un faux point
d'honneur.

Un jour viendra, qui n'est pas loin peut-
être, où se formera enfin contre le duel une
ligue dont les membres s'engageront par ser-
ment à refuser tout cartel.

En Angleterre, le bon sens national a dé-
finitivement aboli les rencontres particulières ; en France, la raison finira par en triom-
pher aussi.

Nous trouvons ridicules, insensés ces com-
bats que le moyen âge appelait le jugement
de Dieu et que Saint-Louis abolit dans la loi,
sans l'abolir dans les mœurs.

Qu'est-ce donc que le duel sinon un combat singulier, moins la croyance à l'intervention divine.

Absurde ! Absurde !

C'est ce que pensaient ceux qui connaissaient Antony. Ils lui portaient un vif intérêt, car il était très aimé.

Lui, du moins, tout en étant absurde, avait été logique.

Il avait voulu mourir, ce duel était un genre de suicide.

On le comprenait.

On le disait.

Un jeune homme, un ami d'Antony avait montré beaucoup de courage.

Il avait eu au cercle, au sujet du prochain duel, une scène des plus violentes avec Richard. Devant lui, il avait osé dire ce que chacun pensait tout bas.

Richard l'avait provoqué.

Il lui avait répondu :

— Je ne me battrai pas.

Richard avait voulu lui donner un soufflet et il avait reçu une merveilleuse volée de coups de canne.

Une grosse question allait bientôt se poser, après le triomphe non douteux de Richard, qui avait demandé l'expulsion de celui qui l'avait frappé.

Le cercle allait donc avoir à se prononcer après le combat.

On juge du bruit que faisait la chose dans un certain monde.

On en causait au café, sur le boulevard, au bois, dans les rédactions de journaux, au théâtre, partout.

Il faut bien le dire, Richard avait des partisans.

Tout ce qui appartenait à cette classe d'aventuriers, qui se glissent dans le monde, s'y imposent, vivent d'expédients pas honnêtes et mènent une vie louche, tous ceux qui ne se sentaient protégés contre l'injure et la déchéance méritées, que par l'épée, tous les

chevaliers du baccarat et du Lansquenet, les
maîtres chanteurs, les exploiteurs en gants
jaunes, les gentlemen douteux, tout ce monde
interlope était pour Richard.

Et ce monde-là sait faire un tapage incroyable.

Les honnêtes gens ne se produisent jamais
avec cette véhémence.

La veille de ce duel, il y avait donc de la
fièvre le long des boulevards, comme un soir
de première, pour une pièce discutée à la ré-
pétition générale.

L'on s'abordait et la conversation s'engageait.

— C'est demain que Richard se bat !

— Oui, il paraît qu'ils iront en Belgique;
car Richard est furieux, il veut qu'il y ait
mort d'homme, et si ça se passait en France,
ce serait grave.

— On dit qu'Antony prend des leçons d'un
maître d'armes anglais.

— Pas du tout, il tire avec un singe jour et nuit.

7*

— La bonne farce !

— C'est la vérité, disait un Monsieur bien informé ; c'est sir Samuel qui donne des leçons à Antony et qui a appris à son singe à tirer.

— Allons donc !

— Qu'est-ce en somme que ce Samuel, un Juif ?

— On l'ignore.

— C'est un personnage des Mille et une Nuits.

— Vous savez que deux journaux envoient des reporters.

— Ma foi, ça ne m'étonne pas. Ce sera curieux ce duel.

— Moi, je ne crois pas aux bottes secrètes !

— C'est de la farce.

— Grisier, Jacob, Merrignac n'y croient pas non plus.

— Cependant sur le terrain...

— Est-ce que Richard n'a pas l'habitude du terrain ? Il tuera Antony.

— Enfin nous verrons.

Au Helder, entre officiers, on discutait très vivement :

— Messieurs, c'est insensé, disait un des meilleurs tireurs de la garnison de Paris. Comment pouvez-vous admettre qu'il y ait une méthode supérieure à la méthode classique.

— Tout le monde y est revenu.

— Permettez, commandant, des classiques ont été souvent battus par des irréguliers ; ce n'est qu'après avoir étudié le jeu de l'école italienne que nos maîtres en ont triomphé.

— Eh bien ! Après ?

— J'en conclus que tout homme vraiment fort, qui aura imaginé des combinaisons et des coups nouveaux, aura des chances contre les tireurs de nos salles d'armes, jusqu'à ce que son jeu soit connu. Il faut compter sur l'imprévu, la surprise.

— Messieurs, dit un vieil officier retraité, si ce sir Samuel dont on parle est le Samuel que j'ai connu à Laghouat, en 1861, je puis vous assurer que c'est un rude tireur, il a boutonné un de nos meilleurs maîtres, Riquier, avec une supériorité incroyable.

— Qu'est-ce donc que ce Samuel ?

— Un aventurier, un chercheur de poudre d'or, et de cimetières d'éléphants, où se trouvent des entassements de défenses énormes en ivoire. Il est craint comme le feu par les indigènes, depuis Alger jusqu'au cap de Bonne-Espérance, en passant par Tombouctou.

Archi-millionnaire du reste et très grand seigneur, quoique je l'aie rencontré vêtu comme le plus pauvre piéton bédouin. D'autrefois il avait un train de prince.

Les quelques officiers algériens qui se trouvaient là racontaient chacun quelque trait de sir Samuel, s'accordant à le peindre comme un homme extraordinaire.

Rien d'étonnant donc à ce que plusieurs personnes aient eu la curiosité de se rendre à la gare du Nord, pour voir sir Samuel, qui, disait-on, partait par le train direct du soir.

C'était Henry qui avait commis cette indiscrétion.

Mais il y eut une déconvenue.

Sir Samuel avait fait chauffer un train spécial, un train... celui qui l'avait emporté, lui et ses amis à la frontière, sans fatigue et en peu de temps.

Cette façon de faire donna une haute idée de sir Samuel.

Le rendez-vous était à Quiévrain ; mais sir Samuel avait bien prévu que les autorités belges auraient vent de quelque chose et il avait pris ses mesures en conséquence.

Deux bonnes voitures attendaient les adversaires et les témoins.

Il avait été convenu que chaque groupe monterait en voiture vers huit heures du matin, après avoir passé la nuit où bon lui semblerait.

Sir Samuel avait un guide, un contrebandier, qui lui avait promis de le conduire,
en un temps de galop, dans un endroit où les
gendarmes ne viendraient pas chercher les
combattants.

Car il est à noter que l'on va se battre en
Belgique, pour ne pas commettre un délit sur
le territoire français, *qui n'a point à connaître* des méfaits accomplis hors de la frontière ;
mais si les autorités belges vous pincent en
Belgique, vous passez en police correctionnelle et vous êtes condamnés à la prison.

De là, des précautions à prendre.

Sir Samuel avait tout disposé en homme
d'expérience.

Il avait du reste trouvé, dans les deux témoins de Richard, des hommes bien élevés ;
le hasard avait fait que Richard les avait eus
sous la main lors de son altercation. Il les
avait pris sur le champ et ils n'avaient pas
cru devoir refuser, quoiqu'ils ne fussent point
des intimes.

Mais ils étaient peu sympathiques pour leur client.

Celui-ci ne pouvant pas se payer le luxe d'un train spécial, avait préféré prendre le train direct du matin, de façon qu'il eût sa nuit bonne.

Tout le monde, y compris le médecin, se trouva donc au rendez-vous à l'heure fixée.

Naturellement, ce train spécial excitait les commentaires des journaux, sur le fameux duel; l'arrivée de six gentlemen français, tout cela n'avait pu passer inaperçu.

Les Belges sont susceptibles.

Les gendarmes étaient souvent blagués dans les journaux, parce qu'ils parvenaient rarement à arrêter les duellistes ; cette fois, ils se promirent de réussir.

En conséquence, ils postèrent des affidés pour surveiller, dès l'aube, le départ des duellistes présumés, et ils se tinrent prêts à monter à cheval, avec l'intention bien arrêtée de laisser aux combattants le temps d'engager l'affaire et de les surprendre en flagrant délit.

En cas de mort d'homme, c'était la prison préventive, un procès, une condamnation très dure peut-être.

Les gendarmes belges avaient juré de mettre la main sur les délinquants, et rien n'est plus tenace qu'un gendarme et qu'un Belge réunis dans le même uniforme et coiffé du même bonnet à poil.

A sept heures et demie du matin, on amena les voitures.

Les deux conducteurs étaient des gamins, les fils même du guide.

Ils ne payaient pas de mine, ni les chevaux, ni les voitures non plus.

— Henry ! Henry ! fit Fleury, voilà des chars-à-bans à quatre places qui doivent dater de Louis-Philippe.

— Et les chevaux ne valent pas cher ! dit Antony.

— On m'affirmait hier soir que les gendarmes avaient l'œil sur nous.

— Alors c'est une affaire manquée pour ce matin ? dit Antony.

Et il ajouta :

— C'est fâcheux.

Sir Samuel ne disait rien.

Il observait Antony.

Celui-ci lui parut très calme, très maître de lui.

En ce moment Richard et ses témoins descendaient et ils aperçurent les voitures.

Elles produisirent sur eux la plus mauvaise impression.

— Mais, c'est inouï, s'écria Richard toujours violent ; l'hôte vient encore de me prévenir que les gendarmes se mettraient à nos trousses ; ce n'est pas avec ces guimbardes et ces rosses que nous les dépisterons.

Il parlait haut.

Sir Samuel l'entendait.

Richard reprit :

— On m'a parlé d'un guide qui devait tout arranger. Où est ce guide ? Pourquoi n'est-il

pas là ? C'est chose incroyable que le sans-
gêne de ces Belges !

— Ils nous mettent dedans avec leur air
niais.

Sir Samuel s'avança et dit d'un ton sec :

— Vous demandez le guide, il doit être ici
à huit heures ! Il n'est pas huit heures. Pourquoi criez-vous Monsieur ?

— Mais, Monsieur, vous conviendrez bien,
je suppose, que voilà des véhicules antédilu-
viens et des chevaux bons pour l'équarris-
seur ?

— Soit ! Après Monsieur ?

Sire Samuel faisait peser sur Richard un
lourd regard qui impatienta celui-ci.

— Après, après, dit-il insolemment, je ne
sais ce que vous avez combiné avec votre idée
de train spécial et de chars-à-bancs, du temps
du roi Dagobert, mais je suis sûr que la police est prévenue ; que nous l'aurons sur le
dos et que tout ceci me semble absurde ; on
croirait que vous voulez faire manquer le duel.

— Bon ! Vous avez dit tout ce que vous avez à dire ?

— J'ai dit ce que je pensais...

— Eh bien, moi je vais vous prouver que vous ne pensez pas à tout, car vous n'auriez pas prononcé ces paroles, si vous aviez su que c'était votre arrêt de mort.

— Tiens, c'est drôle ce que vous dites-là !

— Vous savez bien que ce n'est pas si drôle que ça, puisque vous avez pâli.

Et se tournant vers Antony.

— Mon cher, si vous ne tuez pas Monsieur, je le tuerai, moi.

Il y avait une telle conviction dans l'accent de sir Samuel, que Richard éprouva une émotion désagréable.

En ce moment huit heures sonnèrent.

Le guide parut.

Sir Samuel augura bien de cette ponctualité, et se mit à dévisager l'homme, qui saluait d'un air placide.

C'était un contrebandier.

Il était bien connu pour tel dans le pays.

Sir Samuel l'examina très curieusement et très attentivement.

Le contrebandier avait été choisi par un ami de sir Samuel, envoyé d'avance à Quiévrain ; c'était un type comme on n'en voit que sur cette frontière.

Il était Belge, savez-vous !

Il était même Flamand, sais-tu !

Grand, fort comme un des lourds et massifs chevaux de son pays, il avait une de ces figures placides, bienveillantes et douces qui ne laissent pas supposer que l'on puisse avoir affaire à un homme bien terrible.

Et de fait, Fénoël était la bonté même ; colosse sensible, il larmoyait à la représentation d'un mélodrame au théâtre de Bruxelles.

Il avait quarante ans, il était marié, bon père, bon époux, un modèle ; jamais une pichenette ni à sa femme, ni à ses petits.

S'il buvait, il n'y paraissait guère, soixante chopes et une vingtaine de petits verres ne rompaient pas la solidité de son équilibre.

Point querelleur au cabaret.

Voisin serviable.

Mais... mais... il était de notoriété publique qu'il en était à son quatrième douanier ; seulement jamais de preuves.

Il avait tué, disait-on, ces quatre malheureux douaniers, deux à deux, à trois ans de distance.

Il les surprenait en faction, paraît-il, et les étranglait, un de chaque main, sans bruit, sans qu'ils pussent crier.

On avait constaté que doué d'un poignet formidable, véritable étau, seul, Fénoël était capable de ce coup-là.

Très fin avec cela, leste, agile, malgré son poids énorme, sautant un fossé de trois mètres avec cent kilos de tabac sur le dos, il passait pour un des plus roués dépisteurs qui fût sur cinquante lieues de frontières.

Cette subtilité d'intelligence se combinait

comme celle de Jean Bart avec la bonhomie, la naïveté même.

Il trouvait des ruses excellentes avec une grande simplicité.

Tel était l'homme qui allait servir de guide.

Sir Samuel, lui rendant son salut, lui montra les chars-à-bancs.

— Voilà de mauvaises voitures, fit-il, qu'en pensez-vous ?

— Laides, fit le contrebandier ; mais bien roulantes savez-vous !

— Et les chevaux !

— Mes chevaux à moi, sais-tu, Monsieur, jamais les gendarmes n'ont pu les prendre et nous passons sur le ventre des douaniers.

— Très bien ! fit sir Samuel.

Et il eut un regard railleur pour Richard qui affecta de se donner des airs dédaigneux et qui dit:

— La gendarmerie est prévenue.

Le contrebandier se mit à rire.

— Connais-tu le proverbe, Monsieur ? demanda-t-il à Richard

— Permettez ! fit celui-ci d'un ton hautain, je ne veux pas être tutoyé.

— Sois tranquille, Monsieur, je ne vous tutoierai pas, sais-tu.

Et il lui demanda :

— Connais-tu le proverbe, Monsieur ?

— Quel proverbe ? demanda sir Samuel, voyant que Richard, furieux, ne répondait pas.

— On dit qu'un homme averti en vaut deux, fit Fénoël. Mais je crois qu'un gendarme averti ne vaut plus rien du tout. Tu verras ça tout à l'heure Monsieur.

Puis à tout le monde :

— Si tu veux monter, Messieurs.

On se hissa dans les chars-à-bancs.

Sir Samuel était avec ses amis et le guide dans celui de tête.

On se lança dans la direction d'un moulin à vent qu'on apercevait de loin et qui bordait un chemin.

Les trois chevaux de chaque attelage enlevaient leur voiture comme une plume.

Ces chars roulaient avec une vitesse inouïe.

Les cahots étaient effrayants.

On arriva en face du moulin, on le dépassa de telle façon que les voitures, redescendant la pente de l'éminence opposée à celle que l'on venait de gravir, se trouvèrent masquées.

Six jeunes gens du pays attendaient là endimanchés et portant chapeau.

On fit halte.

Sir Samuel qui commençait à comprendre, se mit à rire.

Les jeunes gens saluèrent avec ensemble et politesse.

Le guide dit aux Parisiens :

Tu sais Messieurs ; il faut descendre, dépêche-toi, les gendarmes arrivent.

La voix grincheuse de Richard dit :

— Qu'est-ce que cette comédie ridicule? Nous sommes donc venus ici pour des farces !

— Taisez vous donc ! lui dit sévèrement un de ses témoins.

Tout le monde sauta à terre sauf les conducteurs; les six jeunes gens montèrent dans les voitures et remplacèrent les Parisiens.

Le guide à ses compatriotes :

— Le déjeuner est commandé, payé et servi là-bas. Amuse-toi bien, enfants ; que le gendarme, il te trouve à table. Savez-vous ! Et buvez un bon coup lui ; ça fait qu'il sera content et qu'il ne vous en voudra pas, sais-tu.

Les chars-à-bancs reprirent leur course effrénée, et, sur un signe du contrebandier, les Parisiens le suivirent dans le moulin.

Ils y trouvèrent un meunier affable et courtois, habitué à être agréable aux contrebandiers, qui cachaient chez lui leurs marchandises et y préparaient leurs expéditions.

A peine la porte du moulin s'était-elle refermée, que l'on entendit le galop rapide d'une troupe à cheval.

Par les fenêtres du moulin, les Parisiens virent passer la brigade de maréchaussée

8

qui s'emballait à la poursuite des voitures.

— Combien avons-nous de temps devant nous? demanda sir Samuel au guide qui riait d'un bon gros rire.

— Deux heures au moins ! fit Fénoël.

Puis il se gratta l'oreille regardant tout le monde et paraissant hésiter.

— Fénoël, mon ami, dit Samuel, vous devez avoir une démangeaison au bout de la langue, voyons, parlez.

— Je voudrais savoir, dit le contrebandier, lequel de ces Messieurs doit mourir, car il y aura un mort, à ce que l'on m'a dit et j'ai pris mes précautions pour lui.

Sir Samuel, sans hésiter, lui montra Richard et dit:

— Voilà le mort !

Puis gravement, sans donner le temps à Richard de protester, sir Samuel dit:

— La comédie est finie et le drame commence.

S'adressant au guide:

— Conduisez-nous sur le terrain, Fénoël.

On sortit du moulin à la suite du guide et l'on descendit l'un des flancs du renflement de terrain, en se dirigeant vers un enclos de peupliers, au milieu desquels l'herbe d'une prairie venait d'être nouvellement fauchée.

Le voile ombreux des arbres protégeait les combattants contre le soleil ; l'enclos était assez vaste pour permettre les évolutions du combat.

Fénoël montrant le pré au médecin lui dit ·

— On dirait un tapis, sais-tu, Monsieur le docteur !

Il eût été difficile, en effet, de trouver un endroit plus charmant pour se couper la gorge.

On était à la fin de mai ; neuf heures du matin tintèrent au loin et le carillon d'une vieille église flamande sema dans l'air ses notes joyeuses ; le soleil, déjà haut, pompait la rosée qui montait lentement en longues écharpes diaphanes secouées par une légère brise.

La lumière venait frapper obliquement les peupliers et diaprait les dernières gouttes d'eau suspendues aux pointes des feuilles.

Des nids se cachaient dans les ramures, un rossignol, effaré d'abord de tout ce monde, s'était tu; mais peu à peu il s'enhardit à reprendre ses trilles et il chanta l'amour et la vie, à la cime de son arbre, pendant qu'en dessous de lui on réglait le combat mortel.

Entre témoins experts, ce fut vite fait.

Point de pierres dans le pré, point de trou, point de soleil, habit bas et en garde.

Ce fut sir Samuel qui croisa les fers et qui prononça le traditionnel :

« Allez Messieurs. »

Le rossignol y répondit, par un crescendo superbe, perçant les oreilles des auditeurs des pointes suraiguës de ses hautes notes.

Il était heureux de vivre ; cet artiste avait sa famille sous son aile et il célébrait ses joies de père et d'amant par des fanfares enthousiastes.

Et là, sous lui, des hommes allaient s'égorger.

Fénoël poussa le docteur du coude et lui dit en haussant les épaules :

— Est-ce bête tout de même ! Ils vont se tuer. Et c'est probablement pour des mots, sais-tu !

— Aux grands mots, les grands remèdes ! dit le docteur qui visait à l'esprit.

Ce calembour, qu'il ne comprit pas, abrutit Fénoël, qui se plongea dans le silence, ne pouvant continuer la conversation sur ce ton-là.

Du reste, le combat devenait intéressant au plus haut point.

Au signal donné, Antony, dégageant son épée, avait pris brusquement une garde que conseillent seulement quelques maîtres d'armes-experts, quand on les consulte, alors qu'il s'agit d'un duel et non plus des jeux corrects et brillants de la salle.

Le corps penché et un peu courbé, le poignet couvrant la tête et la poitrine oblique, la

pointe de l'épée un peu basse, formant une
ligne horizontale, Antony attendit son adversaire.

Il parait par des contres, et, quand il était
pressé, il rompait l'épée tendue.

Ce jeu demande du souffle et de l'agilité,
qualités que possédait Antony, qui ne menait
pas la vie de Richard, énervé par les nuits
d'orgies.

L'attitude des deux combattants était tout
opposée.

Richard avait d'abord affecté le dédain, la
sûreté, la certitude du succès.

Mais, après deux minutes d'engagement,
sans résultat, il avait perdu de sa confiance,
s'était irrité et ses lèvres s'étaient contractées.

Cette épée droite, ramenant toujours la
sienne par des contres, menaçant le bas ventre, même en retraite, déroutait sa tactique
et ses combinaisons.

Il précipita ses bottes et ses attaques ; il
devint évident qu'il se fatiguait.

Une reprise devint nécessaire pour lui.

La reprise est une des absurdités de l'absurde coutume du duel.

Deux hommes sont engagés.

L'un a pour avantage une adresse supérieure à l'adversaire.

L'autre a pour lui du fond, du souffle et du poignet, il s'est bien défendu, il a épuisé son adversaire, il le tient.

L'autre, malgré son habileté, ayant le poignet lassé, étant hors d'haleine, les témoins interviennent et le combat est suspendu.

Il reprend, quand l'homme habile est reposé, et l'on recommence.

Alors, celui qui a du souffle fait une faute et il est tué.

Et il aurait tué l'autre sans la reprise qu'on lui a imposée.

Est-ce juste?

Non! Mille fois non !

Le combat lui-même est une stupidité ;

mais du moment où il est engagé, rien ne devrait l'arrêter.

Touche qui touche.

Tombe qui tombe.

Néanmoins la reprise eut lieu.

Richard respira, s'épongea le front, se remit et reprit de la tenue.

La tenue, c'est la loi suprême du monde.

De la tenue, partout et toujours, cela sauve tout.

Mais il avait beau faire, il ressemblait au gibier qui a du plomb dans le corps.

Il chercha de l'œil ses témoins.

Ceux-ci ne l'encouragèrent ni du regard, ni du sourire.

Il payait son passé d'insolences.

En ce moment suprême, point d'amis point de soutiens.

Il lut son arrêt sur le visage impassible de ses témoins.

Antony, au contraire, avait puisé dans cette épreuve une confiance qui faisait rayon-

ner son front. L'allégorie antique nous ap-
paraît à de certaines heures comme une réa-
lité ; on eût dit que l'espérance planait, sur
ses deux ailes blanches, au-dessus de ce jeune
homme.

Le combat reprit dans ces conditions.

Même jeu d'abord de la part d'Antony,
mais on voyait qu'il avait toute confiance.

Richard, qui d'abord voulait tuer son homme
par un coup droit, en pleine poitrine, paraissait tout disposé à se contenter d'une
bonne blessure au bras ou aux jambes qui
finirait le combat.

Il ne visait plus au plastron, si bien couvert par la poitrine en fuite et par cette
épée droit tendue que rien ne faisait dé-
vier.

Antony rompit, comme d'abord, fit faire du
chemin à son homme ; puis sur une bonne
parade, il riposta, s'engagea, prit la supériorité de l'épée, multiplia avec un brio étince-
lant des coups rapides et troublants au tra-

vers desquels Richard aurait fait passer un
coup droit, s'il s'était possédé, s'il avait eu le
temps de réfléchir ; mais il rompait précipi-
tamment, ne parait que par des oppositions ;
Il sentait la pointe de son adversaire sur
lui.

Tout à coup Antony trompa le fer, trouva
sa belle et se fendit à fond.

Richard tomba comme une masse.

Antony retira son épée, ensanglantée jusqu'à dix centimères de la garde et il regarda
sir Samuel.

Celui-ci secoua silencieusement la tête d'un
air approbatif.

Fénoël dit au médecin.

— Il est mort. Vous n'aurez pas grand
chose à faire.

— Voilà un fameux coup de lancette, dit
le docteur.

Et il s'approcha de Richard, qui râlait son
dernier souffle.

Une hémorragie interne l'étouffait.

Il mourait crachant le sang par la bouche et par les narines.

Autour de lui les pâquerettes se tintaient de pourpre.

. Le rossignol 'chantait au plus haut de son arbre; la chaleur avait pompé la dernière goutelette de rosée perdue dans les basses feuilles, et le soleil, dominant l'ombre des peupliers, inonda de ses rayons le coin où le cadavre était étendu.

Cette lumière, sur ce meurtre, semblait une protestation.

Les témoins de Richard se regardaient consternés.

Tout homme qui a prêté les mains à un duel malheureux, en sent tout à coup peser sur lui la responsabilité.

Une voix crie en lui :

—Tu es complice !

Dominant ce cri intérieur de la conscience, le guide Fénoël dit tout à coup.

— Messieurs, dépêchez-toi ! les gendarmes vont revenir, sais-tu ?

Et tout le monde sentit qu'il fallait fuir comme des coupables.

Le contrebandier était un homme d'expérience ; il se doutait bien que le meunier et ses garçons avaient voulu voir le duel et se tenaient cachés derrière les peupliers.

— Hola, vous autres ! cria-t-il.

Le meunier se montra avec ses deux aides et... un brancard.

Le brancard servait à transporter le fumier mais on avait jeté un drap dessus ; on y plaça le cadavre.

— Docteur, demanda sir Samuel, vous nous certifiez que cet homme est bien mort ? Rien à faire ?

— Rien, dit le docteur. C'est fini.

— Alors, dit sir Samuel, nous n'avons plus qu'à repasser la frontière, au plus vite, car une arrestation et la prison ne sont pas chose agréable.

Au docteur :

—Vôtre état est une cause d'immunité.Vous ne pouvez être inquiété ; nous allons signerle procès-verbal, vous resterez près du corps et vous ferez la déclaration.

— C'est convenu.

On gagna le moulin.

Le procès-verbal fut écrit et paraphé.

Fénoël avait fait préparer des voitures beaucoup plus confortables que les précédentes, et elles étaient attelées de chevaux qui faisaient assez bonne figure.

Les cochers étaient proprement mis.

On partit sans... Fénoël.

— Vous ne venez donc pas ? demanda sir Samuel.

— Je vous reverrai, sais-tu Monsieur ! dit le contrebandier, va toujours.

Et les voitures partirent.

On s'arrêta à la Douane française.

— Rien à déclarer demanda le douanier ?

— Ces Messieurs sont des Parisiens qui

9

viennent de se battre en duel, dit un des cochers. Ils se sauvent des gendarmes.

— Où est le blessé ? demanda le brigadier
accoutumé à ces rentrées.

— Il est mort. Le médecin est resté près du
corps.

— Diable, s'il y en a un de tué fit le brigadier,
c'est grave ; ça n'arrive pas une fois sur cent.

Il visita les voitures pour la forme et dit en
saluant :

— Passez Messieurs !

En pareil cas il est bien rare que les témoins
prennent le temps d'acheter des cigares et
pensent à faire un peu de contrebande en
profitant de l'insouciance du brigadier.

Une fois hors portée des douaniers, les cochers qui avaient eu l'air préoccupé jusque
là, parurent fort joyeux.

Ils fouettèrent leurs chevaux avec vigueur
et une heure après, tout le monde était
installé en face d'un planhtureux déjeuner, dans une auberge qui ne payait pas de

mine, mais où tout cependant était excellent.

On avait rentré les voitures sous la remise
et les chevaux étaient à l'écurie.

Fénoël parut avec une heure de retard
seulement sur les voitures.

— Mon ami, lui dit sir Samuel, j'ai des
compliments à vous faire.

— Moi aussi, sais-tu, monsieur, dit Fénoël
avec un sourire joyeux.

— Ah ! vraiment et pourquoi ?

Fénoël baissa la voix, tira de sa poche des
petits paquets et en mit un devant chaque
convive, en disant :

— C'est de la dentelle : De la plus belle ! De
la maline, vous la donnerez à vos femmes
ou à vos maîtresses. Et elles seront contentes
si elles s'y connaissent, sais-tu.

— Pourquoi ce cadeau, Fénoël ? demanda
sir Samuel. Et pourquoi les compliments ?

— Parce que vous avez joué un bon tour
aux douaniers ; les coussins des voitures

étaient bourrés de contrebande, et de la plus
chère, savez-vous.

Fénoël se passa la langue sur les lèvres et
il reprit :

— Elle est déjà bien loin, la contrebande
et elle s'en va sur Paris. J'ai trouvé ici mon
marchand qui m'attendait. L'homme mort
en duel, ça devait réussir avec les douaniers ;
si l'on n'avait ramené qu'un blessé, il y aurait plus de défiance.

Sir Samuel regardait avec une certaine
admiration ce colosse auquel on n'aurait pas
accordé, à première vue, une intelligence
aussi déliée.

Il voulait cependant lui payer par un billet de banque de gratification la dentelle of-
ferte ; mais Fénoël refusa.

— Pas juste ça, dit-il. Si les voitures avaient
été arrêtées, vous auriez eu des ennuis, je
vous ai mis dans le jeu sans que vous vous
en doutiez ; je dois vous dédommager.

— Pourquoi ne pas nous avoir prévenus ?

demanda l'un des témoins de Richard.

— Pour que vous donniez en toute assurance, en cas d'arrestation, votre parole d'honneur, au lieutenant des douanes, que vous n'en saviez rien.

Plus Fénoël parlait, plus sir Samuel l'admirait.

Cet homme était pétri de bon sens.

Comme toutes les bonnes auberges de la frontière, celle-ci avait du vrai champagne de haute marque.

Sir Samuel demanda du mouët et dit à Fénoël.

— Vous allez trinquer avec nous, Fénoël ; asseyez-vous donc.

Le contrebandier ne se fit pas prier et il but sec.

Sir Samuel le poussa pour lui délier la langue.

Le gros flamand se mit à raconter, sur la contrebande, des histoires si intéressantes, que personne ne songea à précipiter le départ.

— Ah ça, demanda brusquement sir Samuel au contrebandier, comment des braves gens, comme vous peuvent-ils se décider à tuer les douaniers ?

Fénoël regarda sir Samuel avec un étonnement sincère et dit :

— C'est pourtant bien simple ! Votre ami vient de tuer en duel un homme pour des gros mots. Moi, j'aurais scrupule de me battre à mort pour si peu. Tandis que les douaniers ce sont nos ennemis et des ennemis de tous les jours, de toutes les nuits. Ils nous empêchent de passer...

— Et vous voulez passer !

— Dame ! C'est notre état, savez-vous ? Il faut manger et nourrir sa famille.

— Mais, dit Henry, on peut faire autre chose que la contrebande.

— Quand on a un autre métier ; mon père m'a appris celui-là, tout petit. Je le fais honnêtement. Je n'ai jamais trompé, ni manqué de parole. J'ai sauvé du monde de l'eau et du

feu, et puis, s'il y a des douaniers, il faut
bien qu'il y ait des contrebandiers, sans quoi,
qu'est-ce qu'ils feraient les douaniers ? aussi
ils ne nous méprisent pas, savez-vous.

Et frappant sur sa poitrine, qui résonna
comme un tambour.

— Demandez-leur voir aux douaniers si
Fénoël est un bon lapin.

Ils vous répondront :

— Fameux lapin !

— Et moi, hors du service, j'estime le douanier, je bois avec lui.

Sir Samuel avait écouté avec attention
cette déclaration de principes, pesant chaque
mot, scrutant cette conscience.

Il était évident que dans son âme et dans
son cœur, Fénoël ne se croyait pas un voleur
parce qu'il fraudait, ni un assassin, parce
qu'il avait tué des douaniers.

Certes, Fénoël se trompait, mais c'était de
bonne foi.

Un douanier qui succombe, victime de son
devoir, est très intéressant.

Il a la loi pour lui.

Mais rien au monde n'a jamais pu déraci-
ner la protestation du libre-échange par la
contrebande ; il est impossible de faire admettre aux populations de la frontière qu'une
livre de tabac peut valoir six francs ici et vingt
sous à deux pas, de l'autre coté d'une borne.

Et ceci est tellement vrai que le fisc abaisse
les droits sur le tabac dans le voisinage de la
frontière, reconnaissant ainsi dans une certaine mesure la quasi-légitimité de la contrebande.

Sir Samuel, qui connaissait la question de
la contrebande, avait sondé son homme et
lui demanda :

— Voyons, franchement, combien gagnez-
vous par an vous et vos enfants ?

— Tantôt plus tantôt moins.

— Prenons l'année qui vous a le plus rapporté, mon ami.

— Mettons quatre mille francs.

— Si quelqu'un vous proposait de faire la contrebande en grand, en pays étrangers, en déposant quarante mille francs chez un notaire, en cas de mort, et en vous promettant un minimum de vingt mille francs par an, quitteriez-vous votre femme et vos enfants ?

— Tu n'as pas vu ma femme, Monsieur ? demanda Fénoël. Une belle femme, savez-vous, presque aussi grande que moi.

— Elle doit être superbe, cependant....

— Si je faisais marché, dit Fénoël, j'emmenerais la femme et les petits; ça ne craint rien, ni le feu, ni l'eau, ni le plomb; ça passe partout et ça fait vingt lieues en douze heures comme moi.

Et avec le flegme d'un de ces Flamands que rien n'étonne.

— Ou faudrait-il aller ?

— En Algérie.

— Ça m'irait ! Je suis chasseur et je n'ai jamais tué que des loups et des sangliers ; je m'essaierais bien sur le lion et la panthère, sais-tu.

Est-ce qu'il y a des entrepreneurs de contrebande qui engagent pour ce pays-là, aux prix que vous dites ?

— Il y a moi.

Sir Samuel tira de sa poche un carnet de chèques, en détacha un et dit :

— Voici un papier qui vaut vingt mille francs, c'est le minimum d'une année payée d'avance. Vous irez les toucher à Lille, dans les bureaux de la société générale, vous viendrez ensuite me rejoindre à Paris avec votre femme et vos enfants.

Fénoël prit le papier sans le regarder, et dit simplement :

— Marché fait ! Fénoël te promet d'arriver à Paris dans trois jours. Et Fénoël ne manque jamais à sa parole, sais-tu.

— Au revoir, dit sir Samuel.

Fénoël but un large coup, salua tranquillement et partit de même.

Sir Samuel dit alors à Antony :

— Je viens d'acheter sa vie comme j'ai acheté la vôtre, seulement vous je vous paie plus cher ; vous savez ce que je vous donne.

Puis laissant tout à son aise rougir Antony il dit :

— En route, Messieurs, regagnons Paris.

X

LE RETOUR

Ce duel avait pris une telle importance que le résultat en était attendu à Paris avec impatience ; un des témoins de Richard avait promis de télégraphier à un journal.

Henry avait fait même promesse à une autre feuille.

Mais les choses n'avaient pas tourné de telle façon que l'on pût se servir du fil électrique.

Ce, pour une excellente raison ; l'on n'en avait pas eu sous la main.

A déjeuner, on n'avait pensé qu'à déjeuner ; l'air vif, le voyage, et les péripéties avaient donné de l'appétit à tout le monde.

Les voitures déchargées de leur contrebande, conduisirent les voyageurs à la première station, où le train s'arrêtait heureusement.

Il était en gare, quand on arriva ; à peine eut-on le temps de prendre les billets et de partir.

Les télégrammes, du reste, ne pouvaient parvenir à temps pour le tirage des journaux, ce n'était pas la peine de les envoyer.

De plus sir Samuel fit observer que l'on pouvait quitter le train omnibus à la première grande gare et prendre un train spécial qui abrègerait la distance.

Ainsi fut fait.

Il emmena tout le monde.

En débarquant à Paris, sir Samuel dit à Antony :

— Je vous quitte, mon cher, je vais rassu-

rer qui vous savez. Mais plus de duels ;
nous avons à faire mieux que ces sottes rencontres.

— Quand vous reverrai-je ? demanda le
jeune homme.

— Demain nous déjeunerons ensemble; votre ami en sera, si cela lui plaît.

— Mais dit Henry, je suis de tout ce qu'on
veut, même de la grande affaire de contrebande et à conditions modestes ; la nourri-
ture, le logement et l'entretien.

Sir Samuel sourit sans répondre et sauta
dans un fiacre, faute de mieux.

— Voyons, dit Henry, nous sommes tous
du même cercle ; allons y dîner !

La proposition fut acceptée.

On héla un quatre place, et l'on partit.

— Ah ça, mon cher, dit un témoin de Richard, vous voulez donc faire de la contrebande ? Quel diable d'aventurier c'est que ce
sir Samuel ! Un contrebandier en habit noir.

— Messieurs, dit Henry, je crois pouvoir

vous dire sans indiscrétion que sir Samuel
est un homme d'audace, de résolution, qui a
de grandes idées ; son passé (j'en sais assez
pour en juger) me répond de l'avenir ; il va
tenter quelque chose.

— Quoi ?

— Je l'ignore ! Mais je suis sûr que ce sera
quelque chose de grand.

— Ça, nous n'en doutons pas.

— Je suis moi, un être inutile, un pares-
seux et l'idée m'était venue de m'engager ;
mais passer par tous les grades pour arriver
à l'épaulette, cela ne me va pas. Je trouve
l'occasion de me jeter dans une entreprise
hasardeuse ; si je suis accepté par sir Samuel,
je me tiendrai pour bien heureux. Au moins
j'aurai un but devant moi. J'en ai assez de
ma bête d'existence !

Antony serra la main de son ami.

— Je tâcherai de t'avoir pour compagnon,
mon cher, dit-il.

On arriva au cercle.

Beaucoup de monde dînait ce soir là, espérant des nouvelles.

Quant Antony parut, tout le monde se leva et courut à lui :

— Vivant !

— Pas blessé !

— Inouï !

— Et Richard ?

— Mort.

—C'est incroyable !

— Ma foi, le cercle est débarrassé.

Et puis on n'aura pas à statuer sur le cas de Roche.

Roche était ce jeune homme qui avait refusé de se battre avec Richard.

Il arrivait en ce moment.

— Ah ! dit il, vous avez tué Richard, mon cher Antony, c'est bien fâcheux.

— Pourquoi?

— Parce que chaque soir, je l'aurais rejoint partout où je l'aurais pu rencontrer, et je lui aurait répété chaque soir:

— Monsieur Richard, je vous regarde comme un assassin. Je vous méprise, je vous hais et je ne me battrai pas avec vous.

Puis à tous :

— Maintenant, Messieurs, si quelqu'un de vous doute de mon courage, je le lui prouverai quand, comme et où il voudra, parce que je ne connais pas de spadassins parmi vous. Mais avec ce Richard.... jamais je n'aurais consenti à me faire saigner comme un poulet.

A Antony :

— Mais mon cher, comment diable avez-vous pu vous en tirer ?

— J'ai eu un maître d'armes remarquable, dit Antony.

— Qui, sir Samuel ?

— Oui d'abord, mais après lui, son prévôt qui m'a dégrossi ; ce prévôt est étonnant. Il s'appelle Rinco et c'est un singe.

— Allons donc !

— Je l'ai eu pour professeur, moi aussi, dit Henry.

On juge si le cercle écouta avec intérêt l'histoire du duel.

La mort de Richard ne fit peine à personne ; Antony fut l'objet d'un enthousiasme débordant ; mais il dut s'arracher aux félicitations de ses camarades ; il avait reçu de sir Samuel un mot qui lui disait :

— Vous êtes autorisé à présenter ce soir votre ami Henry à Mme Isaac.

Les deux jeunes gens s'empressèrent d'aller endosser un frac.

Henry était curieux de voir Valentine et Antony avait la hâte d'un amoureux.

Ce soir était précisement celui où Mme Isaac recevait.

Il y avait beaucoup de monde.

Circonstance favorable.

Car, en pareil cas, deux amoureux peuvent plus facilement s'isoler.

Antony reconnut, en entrant, combien Valentine l'aimait.

Elle lui jeta un regard qui fut comme un enveloppement de caresses.

Henry, présenté à Mme Isaac, n'eut garde de troubler le tête-à-tête que les deux jeunes gens avait trouvé le moyen de se ménager ; il admira fort Mlle Isaac.

Mais il était d'un tout autre caractère que son ami.

Il ne se sentait disposé, ni à la tendresse, quasi féminine des poètes, ni à la fidélité dont il savait son Antony capable, ni à cette adoration d'une idole, qui était le rêve de Valentine.

Aussi n'eut-il jamais caressé l'idée d'un mariage avec cette capricieuse jeune fille et n'envia-t-il point le bonheur de son ami.

Il avait fait rencontre, en ce salon, d'un ami qui, comme beaucoup d'autres, ignorait les détails du duel.

Sir Samuel ne les avait racontés qu'à dîner, dans l'intimité.

Henry obtint un joli succès, en en faisant

le récit à son ami, car tout un groupe vint
l'écouter ; mais il sut taire, sinon l'affaire de
la contrebande, du moins l'engagement du
contrebandier au service de sir Samuel.

Celui-ci écoutait.

La discrétion d'Henry lui plut, car il eut
un sourire pour lui.

Pendant que l'on écoutait le témoin du
fameux duel, les amoureux causaient tous
deux d'avenir.

— Pensez-vous, demandait Antony à la
jeune fille, que sir Samuel partira bientôt
avec moi pour l'Algérie ?

— Oui, dit-elle, mais êtes-vous donc si
pressé ?

— Certes, fit-il.

— Alors, vous êtes enchanté de vous éloi-
gner de nous.

— Pour vous conquérir ; notre mariage
est le couronnement de cette expédition mys-
térieuse de sir Samuel ; je désirerais qu'elle
commençât bientôt pour revenir plus vite.

— Si c'est ainsi, je vous comprends.

— Savez-vous quelque chose de cette expédition que vous puissiez me dire ?

— Elle sera périlleuse, douloureuse et longue ! dit-elle.

— Envoyez souvent de vos nouvelles à sir Samuel, il m'en dira toujours bien quelques mots et cela me soutiendra.

— Mais je vous écrirai directement. Ni ma mère ni sir Samuel, ni moi, nous n'avons ces petites idées bourgeoises qui ont cours en France sur les fiancés, et nous aurons comme règle, ce qu'ils peuvent se permettre en Angleterre. Les fiançailles sont un quasi-mariage. Le jeune homme qui se fiance s'engage absolument ; s'il ne se marie pas, c'est parce que sa position n'est pas faite ; mais il ne pourrait rompre sans se déshonorer.

Et le regardant en face, avec un regard clair, loyal :

— N'est-ce pas ainsi que vous l'entendez ?

— Vous savez bien dit-il que je vous aime plus que la vie.

— Alors, fit-elle, je ne vois pas pourquoi je ne vous écrirais pas.

Puis souriant :

— Du reste, nous nous verrons peut-être pendant le cours de cette expédition.

— Je reviendrais donc à Paris ?

— Non, mais j'ai imaginé de me rapprocher de mon oncle.

— Le voudra-t-il ?

— Ce que je veux, je le veux bien. Et dès ce soir...

Elle sourit à sa pensée.

— J'espère alors ? fit-il.

— Oui ! dit-elle; si j'ai réussi, je vous en préviendrai. Voici justement sir Samuel qui vient de gagner une partie d'échecs au meilleur joueur de Paris, il doit être enchanté, je vais profiter de ses bonnes dispositions.

— Avec mon oncle, reprit-elle, il faut de

la diplomatie ; je ne fais pas de lui tout ce que je veux ; aussi n'aurais-je jamais voulu épouser quelqu'un qui lui eût ressemblé.

Et sur cette adorable impertinence, elle quitta son fiancé qui s'en alla faire des confidences à Henry.

Les amis servent quelquefois à quelque chose.

XII

DIPLOMATIE FÉMININE

Valentine ne se trompait pas.

Sir Samuel était ravi.

Si grand qu'il puisse être, un homme a ses petitesses.

Si fort que l'on soit, on a un faible, une manie, une prétention, une vanité, un coin du cœur accessible à la flatterie.

Et chose bizarre, ce n'est pas à ce qui fait notre vraie supériorité que l'on tient, c'est à quelque autre chose de minuscule.

10

Sir Samuel, qui était le voyageur le plus
étonnant, le plus étonnant aventurier (dans
le sens pittoresque du mot) ; sir Samuel qui
avait sauvé une colonne française dans le
Sahara, une armée anglaise au Cap, qui avait
anéanti un royaume musulman qu'un héros
s'était taillé en plein empire chinois, sir Samuel l'homme des entreprises merveilleuses,
toujours réussies, ne se souciait ni de sa réputation, car il ne parlait jamais de ses hauts
faits, ni de son adresse inouïe à tous les exer-
cices du corps, adresse qui l'eût fait procla-
mer demi-dieu à Athènes ; peu lui importait
que l'on sût ce qu'il valait.

Mais il mettait un amour-propre excessif à
ne se laisser gagner par personne aux échecs :
il avait étudié ce jeu avec les Maures du Maroc, les Juifs d'Alger, les Cheurfa du désert,
les Mollahs de Perse et les Mandarins chinois, qui sont les meilleurs joueurs du monde.
Et il eût été profondément humilié, s'il eût
été battu à Paris.

Il venait encore une fois de vaincre et il était rayonnant.

— Eh bien ! mon oncle, vous avez donc gagné ? dit Valentine en se suspendant à son bras d'un air câlin.

— Oui, dit sir Samuel.

Et gravement, en saluant son adversaire :

— Non sans peine ! Monsieur est étonnant ; il ne lui manque que d'avoir eu, comme moi pour professeur le grand chérif D'Ouezzan qui, à l'honneur d'être le descendant le plus direct du prophète, joint la gloire d'être reconnu, dans le monde musulman tout entier, comme le maître des maîtres aux échecs.

Et il se laissa entraîner par Valentine qui lui dit :

— Vous avez le sang au visage, mon oncle : ce jeu vous tue. Descendons faire un tour au jardin.

L'hôtel de M. Isaac était une des rares maisons de Paris où l'on pouvait passer du salon dans un parterre.

Une fois sous les arbres. Valentine dit à sir Samuel.

— Mon oncle...

Puis elle s'arrêta sur ce mot.

— Eh bien, fit-il.

Elle tira fort sur son bras, leva vers lui sa tête charmante et lui demanda :

— Cela ne vous semble-t-il point triste de vous entendre appeler : mon oncle ? Et ne vous paraît-il pas singulier que vous ne puissiez m'appeler votre fille ?

— Ah fit-il, te voilà tourmentée !

— Et humiliée.

— Parce que...

— Parce que mon père est un homme que j'admire, parce que je suis coquette, comme toutes les femmes ont le droit de l'être, et que je ne puis l'être de vous. Je voudrais me faire de votre gloire, de vos succès, de votre intelligence, de votre courage, de votre audace, une couronne que m'envieraient les filles de roi, et je suis pour tout le monde Mlle Isaac.

Avec un mépris amer :

— Mon père est un vilain Monsieur qui n'a ni grandeur d'âme, ni délicatesse, ni honneur, ni vertu, ni bravoure.

Avec énergie :

— Est-ce gai cela ?

Puis, connaissant le point faible de sir Samuel, elle lui dit :

— Tenez tout à l'heure, on disait autour de moi qu'il n'était pas possible que vous fussiez plus fort aux échecs que le joueur le plus fort de Paris.

— Eh bien ! J'ai gagné !

— Sans doute, et j'en suis fière. Mais il faut que je vienne cacher ma joie ici et vous dire, loin du monde, sous les arbres qui nous cachent : Mon Dieu, que je suis contente, cher papa, que vous n'ayez pas éprouvé le chagrin d'être battu !

Sir Samuel prit Valentine dans ses bras et lui donna un baiser.

— N'y a-t-il donc pas demanda-t-elle, le

voyant ému, ne connaissez-vous donc pas au
monde un coin où je pourrais être votre fille
tout à mon aise !

— Cela sera, quand j'aurai terminé ma
grande et nouvelle entreprise.

— Ah ! voilà que je vais reprendre ma tris-
tesse et mes craintes ; car je tremble pour
vous et...

— Et pour lui.

— Et surtout pour ma mère.

— Ta mère ne risque rien. Je lui ai assuré
ainsi qu'à toi une fortune considérable. Si je
meurs, vous aurez au moins la richesse.

— Elle se tut.

— Tu en doutes ? demanda-t-il ?

— Je ne doute pas. Je suis sûr que
M. Isaac vous hait, qu'il m'a en horreur,
qu'il exècre ma mère et qu'il en est jaloux...

— Jaloux, murmura sir Samuel éclairé par
une lueur subite.

Valentine secoua la tête et dit :

— Je ne suis qu'une jeune fille, mais

quelque chose me dit que Monsieur Isaac est
ulcéré de voir que ma mère ne l'aime pas. Il
y a eu des scènes dont je me souviens.

— Et ta mère ne m'en a rien dit.

— Oh ! vous vivant, ma mère ne craignait
pas cet homme.

— Oui, mais moi mort.

— Vous comprenez que mari et père il
aurait des droit...

— C'est vrai !

— Il pourrait tout contre nous.

— Tu as raison.

— Il me ferait enfermer au couvent, si je
ne me tuais point ; qui sait ce qui adviendrait
de moi ? On me forcerait peut-être à prendre
le voile, à force de persécutions.

— Et dire que ce mariage n'est pas valable, heureusement.

— Alors papa, il faut le faire casser.

— Je ne puis t'expliquer pourquoi j'ai voulu
que ta mère fût mariée, elle te fera comprendre mes raisons, nos raisons. Le juif a

consenti pour faire fortune à jouer le rôle de
mari, j'en ai fait mon associé.

— Il vous vole.

— Oh, je n'en doute pas.

— Il ruinerait maman par des procès, s'il
vous arrivait malheur.

— Je vais liquider avec lui rompre ce faux
mariage et vous faire libres.

— Quel bonheur ? Et tu nous emmènes !

— Où cela ?

— Voyons papa. Il y a bien dans le pays
où tu vas une ville, grande ou petite, dans
laquelle nous pourrons vivre cachées, maman et moi ; nous serions plus près de toi et
nous aurions plus tôt et plus souvent de tes
nouvelles.

— Tu quitterais Paris, toi, une Parisienne ?

— Mais pour rien au monde, mariée, je ne
voudrais vivre à Paris, où l'on n'a pas le
temps de s'aimer.

— Et ta mère ?

— Je l'ai entendu mille fois regretter le Caire, les villes d'Orient.

— Alors, dit sir Samuel, je vous enlève et vous emmène.

— Où cela ?

— A Laghouat.

— En Algérie ?

— Oui ; la ville est la charmante, l'oasis est un paradis : vous y serez en sûreté sous la protection du commandant français, un de mes meilleurs, de mes plus sûrs amis du désert où je vais ; les caravanes de M'zabites et les courriers chambaas vous porteront de nos nouvelles. Es-tu contente ?

Elle se jeta dans ses bras.

Jamais père ne reçut plus joyeux baiser.

Mais tout n'était pas fini.

Valentine n'avait remporté qu'une demi-victoire et elle n'était pas fille à en rester là.

Depuis que sir Samuel lui avait parlé de sa sœur, elle était dévorée du désir de la voir, de l'aimer, de s'en faire aimer.

— Ah ! fit-elle, s'attristant tout à coup, comme je suis égoïste !

— En quoi ?

— Et ma pauvre petite sœur Salomé que vous voulez laisser à Paris ; comme elle va s'ennuyer ! Moi, au moins, je l'aurais distraite si j'étais restée.

Puis vivement.

— Mais voyons, papa, est-ce qu'on ne pourrait pas arranger la chose, si j'emmenais Salomé et si je faisais son éducation ?

Voyant sir Samuel hésitant, elle redoubla de grâce et de câlinerie.

— Qui sait si l'hiver et l'isolement dans une pension ne seraient pas mortels à Salomé. Elle est jalouse, dites-vous, mais vous ne me traiterez pas en fille devant elle. Pendant votre expédition, jaurai eu le temps de l'apprivoiser.

— Je vois, dit sir Samuel, qu'il faut que je cède en tout. Ce n'est plus moi qui arrange ma vie, c'est vous qui la dérangez Mademoiselle.

— N'est-ce pas bien naturel ?

Il lui répondit en l'embrassant et lui dit.

— Demain dans l'après-midi, ta nourrice t'amènera chez moi ; tu y verras Salomé, et... si elle veut te mordre, tant pis. Défends-toi, tout va dépendre de cette singulière entre-vue. Je n'y puis rien, ma présence gâterait tout.

— Moi, j'ai confiance, dit Valentine.

— Prends-y garde ! Salomé est plus sau-vage que tu ne l'imagines. Fort heureuse-ment, j'ai voulu que l'on t'apprît l'arabe, vous pouvez donc vous comprendre.

— Viens.

Et ils remontèrent au salon, radieux tous les deux.

Antony comprit que la partie était gagnée et il en emporta la certitude, sur un signe de Valentine, car il se faisait tard et il se retira avec Henry.

XIII

LES DEUX SŒURS

Valentine avait montré une grande assurance devant son père (je parle de sir Samuel).

Mais à mesure que l'heure de la visite approchait, elle avait peur de ne pas réussir à apprivoiser Salomé.

Sir Samuel la lui avait dépeinte comme elle était réellement, une sauvage, un être fantasque, capricieux, sur lequel le raisonnement ne pouvait rien, car jamais on n'avait raisonné avec elle ; c'était une nature pri-

11

mitive, sans culture, toute de primesaut.

Avec cela une fougue, des emportements, des violences de volonté à faire croire à la possibilité de la fable de la panthère métamorphosée en femme.

Valentine n'avait jamais vu sa sœur et cependant elle éprouvait pour elle une ardente sympathie.

Elevée comme une fille unique jusqu'alors, elle éprouvait les ennuis de l'isolement ; elle avait voulu avoir des amies ; elle n'avait trouvé que de bonnes petites camarades qui lui avaient fait des noirceurs.

Sa mère, Mme Isaac, était d'un caractère singulier ; elle avait contracté en Orient l'habitude de la vie contemplative ; elle vivait comme dans un rêve.

Elle ne pouvait être la compagne de Valentine qui avait fini par se défier des amitiés parisiennes.

Elle voulait aimer profondément, se dévouer corps et âme et être aimée de même.

Cela n'avait réussi qu'à se livrer à l'indigne exploitation de jeunes personnes qui tiraient de cette riche héritière tout ce qu'elles pouvaient et se vengeaient de l'humiliation des quémanderies par de sourdes humiliations.

De sorte que ce pauvre, généreux et fier cœur avait souffert.

De sorte que Valentine s'était souvent écriée :

— Encore si j'avais une sœur !

Et voilà qu'elle en avait une, mais que celle-ci allait peut-être la déchirer à belles dents.

Sir Samuel, pour ne pas assister à une scène qui pouvait être déchirante, avait donné ses ordres et il s'était retiré dans sa chambre.

Valentine ne trouva que Mambo le nègre, Mamba la négresse, Rinco le singe et Mia la panthère.

Celle-ci avait fait la paix avec tout le monde et paraissait animée des meilleurs sentiments depuis qu'elle avait reçu de vertes corrections.

Quand Valentine parut, elle fut accueillie avec des démonstrations de joie qui la touchèrent profondément.

Mambo et Mamba l'examinèrent un moment, puis ils poussèrent tous deux des exclamations admiratives.

— Elle est belle !

— C'est une fleur de lotus.

— Son œil est un diamant noir.

— Elle est gracieuse comme une gazelle.

Et ils battaient des mains.

Peu à peu ils frappèrent aussi du pied en cadence, répétant les quatre phrases précédentes, qui contituaient un quatrain à la mode arabe, car c'était en cette langue qu'ils s'exprimaient.

Mambo leva les bras, Mamba se déhancha par un mouvement trysthérique et ils se laissèrent entraîner à danser une bamboula, la réglant sur le chant des louanges qu'ils venaient d'improviser.

Ce que voyant Rinco, il se mit de la partie
et gambada en agrémentant l'air de la bamboula de ses cris rauques.

Mia n'était pas d'humeur à se taire dans
un pareil concert.

Elle se mit à miauler d'une façon suraiguë
et bondit deux ou trois fois au-dessus de la
tête de Valentine ; c'était sa façon de saluer
les gens qui ne lui déplaisaient point.

Quoique prévenue la jeune fille fut tout
d'abord interdite ; quant à sa vieille nourrice
qui l'accompagnait, elle se laissa choir de
terreur sur un banc.

La scène se passait dans une vaste antichambre dont la porte s'ouvrit.

Salomé parut.

Elle était attirée par le bruit.

A la vue de Valentine, elle fronça les sour-
cils et saisissant Mamba par la main, elle lui
demanda d'un air dur en arabe :

— Qui est là ?

Mamba, selon l'ordre de son maître, répondit effrontément :

— Je ne sais pas.

Salomé posa la même question à Mambo, qui fit la même réponse.

Alors Salomé tournant les talons avec mauvaise humeur, rentra dans le salon, dont elle tira la porte derrière elle.

L'entrevue commençait mal.

Cependant Mia, elle, faisait bon accueil à Valentine et venait faire le gros dos, sollicitant des caresses.

Rinco, qui jouait volontiers le rôle d'introducteur et qui aimait à ouvrir ou à fermer les portes, Rinco ouvrit celle du salon, et imitant, sir Samuel, qu'il copiait tant qu'il pouvait par instinct imitatif, il parut inviter du geste la jeune fille à entrer, et il s'effaça, comme eût fait un vrai gentleman, pour la laisser passer.

Elle entra.

Salomé, qui était dans le salon, se leva et se retira chez elle.

Valentine se trouva fort embarrassée; sa sœur évidemment la fuyait.

Elle ne savait à quel parti s'arrêter, quand elle entendit Rinco qui poussait des sons inarticulés. Il voulait ouvrir le piano fermé à clef, et il grognait en son langage de singe contre Mambo, qui gardait cette clef en poche.

Ce damné singe avait entendu jouer du piano tout récemment par une amie de sir Samuel qui était venue en visite et qui, l'attendant, s'était désennuyée en jouant.

Rinco avait trouvé cette musique charmante; il avait voulu en faire après le départ de la dame et il s'était escrimé contre l'instrument, jusqu'au moment où sir Samuel était venu mettre le holà.

On en avait été quitte pour faire accorder le piano et le fermer à clef.

Voyant une dame entrer, Rinco avait sup-

posé qu'elle allait jouer comme la première
et il voulait forcer Mambo à ouvrir le piano.

— Ce Rinco ! dit la négresse en arabe, il
croit que maîtresse Valentine va faire chanter le piano pour ses vilaines oreilles de
singe.

— Quand maîtresse Valentine fera chanter
le piano, ce sera pour faire plaisir à maîtresse
Salomé, qui aime tant la musique, dit le
nègre.

Cette observation du nègre donna une espérance à Valentine.

— Ouvre le piano, Mambo, ordonna-t-elle.

Et elle se mit à préluder.

Aussitôt Mia, qui formait un rond dans
l'antichambre, comme panthère en cage,
vint s'allonger sur le tapis du salon.

Mambo s'accroupit, à la mode turque et
Mamba lui fit pendant.

Quant à Rinco il étreignit à bras le corps
un des côtés du piano, il colla son oreille
au bois, et garda une immobilité cataleptique.

Valentine avait un talent hors ligne, elle jouait en grande artiste et chantait merveilleusement.

À peine avait-elle entamé le premier motif de la vague que Salomé reparut, marchant sur la pointe du pied ; elle s'accroupit sur le canapé et écouta.

Valentine la devinait là.

Elle enleva brillamment la vague ; puis laissant mourir et s'éteindre les dernières vibrations, elle attendit.

Ce silence fut douloureux pour les auditeurs. Mambo et Mamba, malgré leur respect, firent entendre quelques exclamations douloureuses ; la panthère s'agita et son poil se hérissa ; Rinco se cogna plusieurs fois la tête contre le bois du piano, puis il se hasarda à lever le bras et à frapper une touche. Il recolla alors son oreille à l'instrument et recueillit avec des frissons de plaisir les longs frémissements intérieurs qu'une seule note tirait de l'instrument.

11*

Salomé parut éprouver la sensation désagréable d'une personne qui s'éveille d'un
songe charmant ; elle ouvrit ses yeux demi-
clos, étira ses bras, puis attendit que ce piano
raisonnât de nouveau.

Il resta muet.

Salomé voyant que Valentine ne continuait pas, parut s'impatienter, sa physionomie prit une expression de mécontentement,
elle se tourmenta sur son divan, puis elle
finit par dire en arabe à Mambo.

— Dis-lui de jouer encore !

— J'entends l'arabe, dit Valentine.

— Joue alors.

— Je le veux bien, si tu m'embrasses.

Salomé fit la moue. Après réflexion, elle
demanda :

— Je ne te connais pas, qui es-tu ?

— Ton amie, si tu veux.

Et sans plus se faire prier, Valentine fit de
nouveau courir ses doigts sur le clavier avec
un brio étourdissant ; elle fit naître dans l'âme

de Salomé les émotions les plus diverses.

Tantôt elle lui jetait le rire par saccades, la gaîté par larges rayons par les motifs d'Offenbach, tantôt elle entraînait son esprit par un mouvement de valse, puis elle l'enlevait par un air de bravoure.

Salomé ravie, conquise, subjuguée, lui envoyait des baisers.

Enfin elle se leva, vint doucement sur la pointe du pied vers Valentine, l'enlaça de ses deux bras et l'embrassa tendrement.

Valentine se leva, l'entraîna devant une glace, et lui montrant leurs deux visages reflétés, elle lui demanda en arabe ?

— Sais-tu maintenant qui je suis?

Elles se ressemblaient tellement, sauf une légère différence de teint, que Salomé comprit et s'écria :

— Tu es ma sœur !

Elle se jeta dans ses bras.

Cette jolie scène eut pour accompagnement désagréable, l'atroce musique que

Rinco, profitant de l'inattention générale se mit à faire, en tappant furieusement sur le clavier, ce qui fit entrer la panthère en rage ; elle n'aimait que la bonne musique et protesta contre celle de Rinco, en grondant furieusement.

Mambo voulut fermer le piano.

Rinco exaspéré s'y refusa.

Il allait y avoir bataille, lorsque sir Samuel parut.

Nègres, singe et panthère s'enfuirent et il resta seul avec ses filles.

Personne ne les vit essuyer sous leurs baisers les larmes qui coulaient sur ce visage de bronze.

Le poëte a dit :

— Les vrais cœurs de lions sont les vrais cœurs de père.

XIV

UN DINER CHEZ SIR SAMUEL

Sir Samuel avait invité à dîner Henry et
son ami, ils furent fidèles au rendez-vous.

Le dîner fut étrange, quant aux mets.

A Paris l'on peut se payer les plus extraordinaires fantaisies.

Le menu se composait entre autres plats
exotiques de hors-d'œuvre excellents, mais
bizarres.

Comme cuisinière Mamba la négresse;
comme échanson, Mambo; comme maître

d'hôtel Rinco, très remarquable par la façon dont il se payait les restes.

Admirablement dressé, du reste, pour servir et desservir, très attentif et très adroit, ce singe quasi-humain !

De ce repas qui mettait à contribution les cinq parties du monde, je n'essaierai point de donner une idée plus complète ; je dirai pourtant que sir Samuel était sans préjugés, puisqu'il avait fait servir une friture de Lombrics français, dégorgés dans la saumûre, et roulés dans la pâte.

Un manger exquis.

A toutes ces étrangetés Henry ne prit point garde et pour cause.

Salomé, assise près de son père, à la mode turque, causait au jeune homme des distractions telles, qu'il avait besoin de toute sa volonté pour que l'on ne s'en aperçût point.

Salomé ne savait pas vingt mots de français, et par conséquent ne se mêlait point à la conversation générale.

De temps à autre, elle questionnait son père en arabe.

Tout d'abord elle avait vu entrer les deux jeunes gens, et, après les salutations, elle s'était glissée auprès de sir Samuel et lui avait demandé bas à l'oreille :

— Qui est des deux le fiancé de Valentine.

Sir Samuel pensa :

— Il paraît que Valentine a fait des confidences.

Puis il désigna Antony.

Salomé examina le jeune homme à la dérobée, avec ces regards rapides et sûrs des femmes, qui observent quelqu'un ; puis elle ne s'occupa plus de lui.

Toute son attention sournoise parut se concentrer sur Henry.

Plusieurs fois leurs yeux se rencontrèrent et Henry demeura fort embarrassé, car, comme Valentine, Salomé avait ce regard de sphinx, au fond duquel on ne lit rien.

La présence de Salomé, selon le code pari-
sien, eût pu paraître singulière, mais étant
donné le caractère de sir Samuel, l'étrangeté
de sa vie, ses idées sur l'amour, le mariage
et la morale, il n'y avait point à épiloguer.

Du reste, Antony, dont les fiançailles
s'étaient conclues si heureusement sous les
auspices de sir Samuel, ne trouvait rien à
reprendre sur de telles façons d'être.

Quant à Henry, il était sous le coup d'une
impression nouvelle et profonde.

Jusqu'alors il avait plus ou moins aimé
des femmes du monde et des *belles petites*,
de la passion il ne connaissait que les caprices.

Il avait vu, admiré et compris Valentine ;
il avait envié le bonheur de son ami, sans
trop se l'avouer et en fermant son âme à la
jalousie, car c'était un garçon d'honneur.

Mais voilà qu'il se trouvait tout à coup en
présence d'une sœur de cette Valentine,
d'une sœur qui semblait être sa jumelle.

Avec une différence toutefois.

L'éducation n'avait jamais effleuré cette nature primitive, originale; elle semblait être la fleur sauvage auprès de la fleur cultivée.

Henry goûta aux plats et but les vins d'une façon si distraite, que son ami Antony, le voyant très préoccupé, lui poussa le genou plusieurs fois.

Il en résulta qu'Henry rougit.

Sir Samuel ne parut pas cependant s'apercevoir des distractions de son convive; il racontait quelques anecdotes sur ses voyages; il parlait Chine et Henry interpellé répondait Afrique ou Amérique.

Il était évident qu'il restait en arrière de la conversation.

Antony en était confus.

Cependant Henry parut prendre une résolution au dessert.

Il sortit de ses rêves.

C'était un garçon déterminé, hardi et sans détour.

— Monsieur, dit-il à sir Samuel, voulez-vous reparler d'une ambition qui m'est venue ?

— Faites, dit sir Samuel gravement.

— Je désirerais, Monsieur, vous accompagner dans l'entreprise à laquelle vous associez mon ami.

— Vous doutez-vous de ce que vous allez risquer, si j'accepte ?

— Ma vie, Monsieur.

— Plus encore ; il y a des heures où vous préféreriez mille fois la mort aux tortures de la faim, de la soif, de la chaleur. Je vais dans les régions où le thermomètre marque souvent 70 degrés au soleil et 42 à l'ombre.

— Je le sais ; j'ai lu, depuis que j'ai l'honneur de vous connaître, tout ce que Duverrier, Soleillet, le major Lin, Gerard Rolph et René Caillet ont écrit sur le Sahara.

— Et vous vous croyez la force de supporter les misères d'une pareille vie ?

— Oui, je le crois.

— De gaîté de cœur vous quitteriez Paris pour les sables du désert ?

— Antony vous suit bien.

— Il a des raisons : Antony est un fils d'adoption, il sera mon gendre.

— Eh bien Monsieur, dit en riant Henry, acceptez-moi provisoirement... comme neveu... Quand j'aurai fait mes preuves, vous m'admettrez tout à fait dans la famille.

— Ah vous êtes bien un Français ! dit sir Samuel riant à son tour. Vous êtes un aimable garçon, et ma foi, je veux, sans vous engager à rien, vous faire tâter de la vie d'Afrique. Si vous résistez à la chaleur, à la fièvre, à la fatigue, à la famine, si vous ne mourez pas à la première épreuve, je vous proposerai mes conditions.

— Et je commencerai cette épreuve...

— Dans trois jours, vous partez avec Fénoël et Antony. Vous irez à Alger d'abord et vous y trouverez un chasseur d'autruches de mes amis: Déjà, je lui ai écrit. Puis vous partirez à pied pour Laghouat, où mon chambi vous formera, par la chasse à l'autruche, aux privations et aux longues marches.

Vous apprendrez à tuer, à faire trente lieues en vingt heures, à tirer le lion et la panthère, à être brave, fort, audacieux et patient.

Quand votre noviciat sera fini, quand chacun de vous aura une peau de Lion à me montrer, d'un lion tué sans compagnon, sans le secours de personne, quand vous mettrez une balle dans une grenade lancée en l'air alors, Messieurs, nous partirons pour le désert.

Henry ne parut pas se démonter à l'idée de tuer un lion.

Antony était prêt à tout.

— Je vous engage, continua sir Samuel, à vous munir de grammaires arabes ; il faudra lire et écrire cette langue ; vous l'apprendrez vite du reste.

Puis il leur traça toute une ligne du con-

duite et les retint longtemps à leur parler de
ses plans.

Salomé s'endormit, comme une enfant
qu'elle était, au bruit de la conversation ;
il la porta paternellement chez elle.

Puis il revint ayant encore mille choses à
dire.

Enfin il congédia les jeunes gens.

Henry, en sortant de chez sir Samuel, na-
geait dans la joie.

— Si j'allais devenir ton beau-frère ! dit-il
à Antony une fois dans la rue.

— Qui sait ! dit le jeune homme.

Ils se quittèrent sur ce mot qui résume la
sagesse des nations.

Chi lo sa ! disent les Italiens.

Quien sabe ! disent les Espagnols.

Et l'on ne sait jamais.....

XV

LE MESSAGER

Quelques jours après le duel, un étranger arrivait à Paris, et se présentait chez M. Isaac au concierge qui était juif.

On sait combien les israélites s'entr'aident, se poussent tous, les uns les autres, et ne formant d'un bout de la terre à l'autre qu'une seule famille.

Où vous verrez un Juif maître d'une situation, soyez persuadés que tous les bons postes seront occupés en dessous de lui par des coréligionnaires ; c'est toute une tribu qui s'abat avec lui sur le terrain conquis :

De là, cette force immense des Israélites.

Ardents à la curée, ils augmentent sans cesse l'immense trésor fait des fortunes particulières de chaque famille : c'est un drainage, lent, sûr et continu de l'or.

Nous en avons un exemple dans l'Allemagne aux abois, où quatre cent mille Juifs ont su se créer un tel levier avec l'argent gagné intelligemment sur un peuple de quarante millions d'hommes, que cette masse immense de Germains est à la merci de cette poignée de capitalistes.

Et contre cette forte puissance, l'Allemagne ne trouve qu'un remède, la persécution comme au moyen âge.

Mais cette persécution sauvage est impossible à notre époque non point en raison des soulèvements de l'opinion publique, que l'Allemagne est accoutumée à braver, mais parce que les Juifs tiennent les plus grands états à leur merci.

La haute finance européenne est aux mains des Juifs ; ce sont eux qui font ensemble la politique et la guerre ; toute diplomatie qui n'est pas appuyée par la force est impuissance ; la force, ce sont les armées ; mais sans argent, pas d'armée, pas de guerre de longue durée.

Qui a les Juifs contre lui ne trouve pas un sou pour mener à bonne fin une campagne de longue haleine.

Je n'exagère rien.

Le tableau de la grandeur et de la puissance du peuple juif est d'une rigoureuse exactitude.

La force de cette race est l'association.

Nous allons voir cette force aux prises avec le génie d'un homme : sir Samuel.

Un trait caractérisque des mœurs juives, c'est le patriarchat ; chez eux l'esprit de famille est vivace ; l'aïeul est le chef, positif, vénéré jusqu'à la tombe.

D'autre part, le sentiment de l'égalité dé-

12

mocratique est poussé chez eux à ses ex-
trêmes limites; on constate la puissance de
l'homme arrivé, on lui sait gré de la somme
d'influence qu'il apporte à la masse, mais le
plus pauvre se croit et se dit son égal à la
synagogue.

C'est ce qui explique comment le concierge
de M. Isaac reçut avec bonté dans sa loge
l'étranger d'aspect minable qui venait de s'y
présenter.

Cet homme portait un costume de Juif tu-
nisien, sordide, usé et puant, nos Juifs français, ceux de Paris surtout ont pris nos habitudes de propreté ; ceux de Tunis ont conservé leur saleté voulue dans le but de paraître pauvre, préférant exciter le mépris que
la convoitise.

Le concierge était habitué à ces visites de
frères étrangers.

M. Isaac avait des relations très étendues ;
il correspondait avec ses coréligionnaires sur
tous les points du globe.

Il lui venait des correspondants juifs de tous les bouts du monde.

Tous parlaient l'hébreu, cette langue sacrée que ce peuple n'oubliera jamais, car elle est le lien, le ciment de son unité.

Le concierge de M. Isaac était lui-même un Juif persan qui, après une longue suite de malheurs, était venu s'échouer à Paris.

Il était merveilleusement propre à remplir son emploi chez M. Isaac.

Il n'était pas dans le secret des affaires de la maison, mais il en connaissait les dessus, et cela suffisait.

Il savait par exemple, que du côté d'Odessa, le grand marché de grains de la Russie, des intérêts considérables étaient engagés.

Un message ou un messager arrivait-il de la mer Noire, le concierge faisait prévenir M. Isaac, fût-il à la bourse ou à son cercle.

Même sollicitude pour tout ce qui provenait de Constantinople.

On armait dans l'empire turc !

La maison Isaac achetait partout des fusils à tir rapide et les revendait au Sultan.

Tout se préparait là-bas pour une guerre contre les Anglais ; des questions graves se posaient pour la maison au sujet de ce pays.

Enfin les Chinois luttaient contre la grande révolte musulmane, qui menaçait leur empire dans lequel un chef Islamite se taillait un royaume.

Qu'un Juif vînt de si loin frapper à la porte de la maison Isaac, et il trouvait sans retard à parler au chef.

Il y avait d'autres petites affaires.

Le concierge questionnait agents et intéressés, et il donnait jour et heure où l'on pourrait causer avec l'un des principaux commis.

Je l'ai dit, ce fonctionnaire d'un ordre inférieur était précieux à la maison Isaac.

Il s'appelait Laban, nom modeste, nom de serviteur.

Mais tout humble qu'il fût, c'était un des

principaux rouages de transmission : or,
l'on graisse les rouages.

Soyez sûr que l'on n'y épargnait point
l'huile.

Laban avait une vieille tête d'Israélite asia-
tique ; une longue tête, un nez en bec de
Corbin, un menton pointu : c'était un mé-
lange de bouc et d'oiseau de proie.

Il avait l'œil pénétrant et le flair subtil du
corbeau ; il avait le pied sûr dans les terrains
les plus difficiles.

Dans sa vie errante, avant qu'il fût fixé au
fond de sa loge, oasis où il avait trouvé le re-
pos dans ses longs voyages, ses aventures
lui avaient donné la défiance, la prévoyance
et l'expérience.

Ce ne fut pas le vieux Laban qui se fût
jamais fié aux apparences.

Pour lui, venir à la porte de son maître en
équipage avec armoiries de comte sur les
panneaux, cela ne signifiait rien, sinon que
le propriétaire de cette voiture luxueuse ne

12*

l'avait peut-être pas payée et venait solli-
citer un emprunt.

Avant de dire que le banquier était là, Laban, flairant un importun, allait s'informer
auprès du premier commis pour savoir ce
qu'il fallait répondre à ce chrétien.

Quant à ses compatriotes, si malheureux
qu'ils parussent, il les accueillait avec préve-
nance.

Rien d'étonnant donc à ce qu'il reçût bien
le Juif d'Alger, si minable d'aspect, qui venait se présenter, il était de la race et cela
suffisait, mais il le questionna avant de rien
décider.

— Frère, d'où viens-tu ? demanda-t-il en
hébreu au voyageur.

De la cité nègre de Tombouctou ! répondit
l'étranger.

— Pays de la poudre d'or et des dents
d'éléphants, fit observer Laban. Nous avons
là pour représentant le marabout, Sidi-el-
Hadj Harclai.

— Et Jabob-ben-Lévy, mon père pour correspondant.

— Tu es le fils d'une famille illustre et malheureuse du Liban.

— Grâce au très haut et à son serviteur
Isaac nous remontons les pentes de la voie
pénible de l'adversité. Puis-je voir mon cousin Isaac ?

— Demain... peut-être ?

— Va et remets-lui cet anneau.

Laban reçut l'anneau que le messager lui
tendait et tressaillit.

— Viens ! dit-il. Puisses-tu apporter le renseignement attendu depuis des mois.

Et il conduisit le Juif dans l'antichambre
de l'appartement du maître.

— Attends, dit-il :

Il gratta à la porte du cabinet où travaillait M. Isaac et entra.

Après avoir refermé cette porte derrière
lui, il attendit que le banquier, couché sur
un livre de comptes, le questionnât.

M. Isaac, avec une facilité prodigieuse, additionnait deux colonnes à la fois de chiffres qui s'étalaient du haut en bas d'une page d'un registre énorme.

L'addition finie et une rectification faite, le banquier, sans lever la tête, demanda :

— Que veux-tu, Laban ?

— Un envoyé de Tombouctou est là ; Jonathan-ben-Joseph.

— Qu'il revienne demain.

— C'est pressant.

— Impossible aujourd'hui.

— Il a l'anneau.

M. Isaac leva la tête, prit l'anneau, l'examina et dit en secouant la tête.

— Beaucoup sont venus, croyant avoir trouvé l'indication précieuse. Ils se trompaient ! J'ai perdu bien du temps à les écouter.

Puis prenant son parti :

— En ce moment, chacune de mes minutes vaut des sommes folles. Préviens-le, intruisle. Le temps est de l'argent ! qu'il se résume vite. Je vais l'entendre, si, comme les autres, il s'est trompé, qu'il reparte.

Et se remettant à ses comptes, il murmura laconiquement, presque inintelligemment :

« Sera indemnisé..., gratification... verra Chef de comptabilité.

Laban cependant ne sortait pas.

— Isaac, fit-il particulièrement.

Le banquier impatienté leva la tête, d'un air de mécontentement.

Laban reprit sans s'en inquiéter :

Sir Samuel ne s'est pas trompé, si le trésor existe, il est au Sahara, sur le chemin de Tombouctou, d'où vient ton cousin.

— Ah ! tu savais... dit Isaac.

— Oui j'ai deviné que tu cherches le secret de sir Samuel.

Les regards de ces deux hommes, fort tous deux mais dont l'un avait été battu par les vents contraires de la fortune adverse, re-

gards étincelants d'intelligence, se rencon-
trèrent·

M. Isaac tendit la main à Laban et se re-
plongeant dans ses effroyables calculs, il dit
très vite et très bas.

— Qu'il condense sa pensée, qu'il entre et
qu'il parle.

Laban sortit.

XVI

UNE SCÈNE D'ANTICHAMBRE

Laban avait eu soin de refermer doucement la porte derrière lui.

Il vint s'asseoir sur le banc où Jonathan l'attendait.

Dans cette antichambre, il y avait foule, des gens de toutes sortes.

Financiers venant proposer des commandites ; débiteurs demandant des délais ; inventeurs réclamant une avance ou une association pour l'exploitation de leurs brevets.

Puis des viveurs, hommes du monde, gé-

néraux, fonctionnaires, fils de famille, ayant
compte à la maison, compte épuisé le plus
souvent et désirant une avance sur des héritages à venir, on venait trafiquer de leur influence.

Aussi des femmes.

Des vieilles et des laides, des jeunes et des
jolies, mêlées à toutes les intrigues qui se
nouaient et se dénouaient autour de la caisse
de M. Isaac.

Et tout ce monde attendait fiévreusement
mais tenacement.

S'il fût jamais un endroit où les Parisiens
pussent apprendre la patience, c'était à la
porte de M. Isaac.

Au milieu de cette foule, assise ou debut,
Jonathan, qui avait pris place sur un banc,
son bâton de palmier entre les jambes, Jonathan sale et déguenillé était resté isolé.

Le vide s'était fait autour de lui.

Je l'ai dit, je ne crains point de le répéter,
il puait.

Il avait cette odeur forte et rance des peu
plades qui, dans les pays chauds, portent la
laine sur la peau.

Au désert, peu ou point d'eau, une transpi-
ration continuelle ; de là la senteur âcre des
races méridionales ; de là, dans tout l'Orient,
un goût prononcé pour les parfums, qui mas-
quent les émanations.

Aussi s'était-on écarté de cette espèce de
mendiant pouilleux.

Voilà pourquoi le vieux Laban le trouva
seul sur le banc.

— Frère, lui dit-il à voix basse et en arabe,
langue qu'il parlait couramment et qu'il pré-
férait employer cette fois, parce que d'autres
Juifs étaient là qui comprenaient l'Hébreu,
ton cousin va te recevoir, mais il doute du
renseignement que tu apportes.

Le jeune homme sourit.

— Isaac, dit-il, a demandé à tous ses correspondants de s'informer des légendes qui
courent sur les trésors enterrés.

13

— On retrouve ces légendes partout ! fit observer Laban.

— Ses instructions, reprit Jonathan, portaient que l'on devait vérifier ce qu'il pouvait y avoir de réel dans ces légendes.

— Et...

— J'apporte, moi, non pas une fable, mais un fait vrai.

— Constaté ?

— Un fait dont nos vieillards ont reçu le récit de la bouche de leur aïeul.

— Ce fait date...

— D'un siècle environ.

— Encore une fois, c'est certain ?

— C'est écrit.

— Oui...

Laban comprit qu'à Isaac seul, le jeune homme en dirait plus long.

— Mon cher fils, dit le vieillard, Isaac est las de recevoir des révélations insignifiantes, invraisemblables, des indications erronées.

Il ne peut gaspiller son temps, à cette heure surtout, car la maison subit une crise dont elle sortira diminuée ou grandie de moitié.

Jonathan dit :

— Je sais. Spéculation énorme, lucrative, hasardeuse, mais réussie ! Famine aux Indes.

Laban admira la perspicacité de ce jeune homme, qui connaissait si bien les affaires de M. Isaac, même dans ce qui ne regardait en aucune façon le correspondant de Tombouctou.

— Réussie, rectifia Laban, non liquidée. Isaac est plongé dans ses chiffres.

— Enfin, il faut être bref, je le serai.

— Réfléchis, condense ta pensée.

— Depuis trois mois que je suis en route, je ne pense qu'à cette affaire.

— Entre alors.

Et il conduisit le jeune homme devant M. Isaac, puis il se retira dans l'antichambre.

On l'entoura, on se jeta sur lui, on l'acca-
bla.

— Comment M. Isaac est donc là ?

— Il reçoit ?

— Et il me fait attendre, moi ?

— Et moi donc !

— Pour recevoir qui ?

— Un mendiant.

Laban était habitué à ces protestations.

Parfois, dans cette antichambre, il y avait
des scènes d'une violence inouïe.

Des solliciteurs aux abois, étranglés par la
nécessité, devenaient insolents.

Des gens en belle situation se permettaient
des impertinences, pensant traiter d'égaux à
égaux, comme si l'or avait un autre égal que
l'or.

Quelquefois, un imbécile ruiné venait de
jeter une protestation inutile, ridicule et le
plus souvent injuste, car qui spécule veut
gagner et peut perdre ; c'est la loi du jeu.

Laban, qui en avait vu d'autres, Laban,
qui avait failli mourir sous le baton à Constantinople, qui avait quelque peu été pendu
à Londres et qui n'avait sauvé sa tête du yata-
gan du chaouch, qu'en la rachetant au dernier Dey d'Alger, Laban ne s'émouvait guère.

Il déclara froidement :

— M. Isaac n'est pas là. Le jeune homme,
ce mendiant, est son cousin.

Cela jeta un premier froid dans la salle.

Laban reprit .

— Voyant que le parent de M. Isaac restait
là tout seul, et qu'il était du reste peu conve-
nable de lui faire faire antichambre, je l'ai
fait entrer dans le cabinet de son cousin, où
je vais envoyer un des employés lui tenir
compagnie.

Et après avoir donné cette leçon à la foule
des solliciteurs, Laban échangea un regard
narquois avec un garçon de bureau, juif
aussi, qui servait d'introducteur ordinaire ;
puis il s'éloigna.

Enorme fut le dépit des solliciteurs.

Comment! Ce petit juif algérien était le cousin du maître.

Comment! Ce petit jeune homme était un personnage, car dans la famille israélite si unie, si tendre, un parent a toujours de l'influence.

On avait eu là, sous la main, un individu qui pouvait devenir, par la suite, un protecteur, et on ne lui avait pas témoigné de là sympathie.

Triste! Triste!

Tous regrettaient l'occasion manquée.

Ceux qui avaient pris part à la petite manifestation hostile s'en allèrent.

Ils devinaient que le père Lisbonne ce garçon de bureau, à l'œil duquel rien n'échappait, les avait notés dans sa mémoire, et que, de longtemps, ils n'auraient audience.

Personne du reste n'avait été la dupe du vieux Laban.

Pour tous, Isaac était là !

Il s'entretenait avec son cousin.

Ceux qui n'avaient point protesté demeuraient avec l'espoir au ventre.

XVII

LE PETIT COUSIN

Jonathan était là, devant Isaac qui comptait toujours.

Dans le plein jour du cabinet, le jeune homme gagnait à être vu.

Quand les Juifs sont beaux, ils sont superbes.

Là, devant le grand chef de la famille, dans ce sanctuaire, où se brassaient d'immenses affaires, où se décidaient le sort de milliers de créatures, où s'affirmait la dictature de l'or, Jonathan avait relevé la tête.

13*

Ce n'était plus le petit Juif algérien humble encore, malgré l'émancipation française,
baissant les yeux devant l'Arabe, qui, quoique vaincu par nous, professe encore le mépris de l'Israélite, lequel vaut cent fois mieux
que lui.

Jonathan, qui venait de faire le voyage
périlleux du désert avec une caravane, qui,
sans bruit, avait montré un courage, une
dextérité, un sang-froid inouï pour tirer cette
caravane d'un mauvais pas, sachant qu'il ne
pouvait se sauver sans elle, Jonathan savait
qu'il n'était point le premier venu.

Il se faisait de l'humilité un manteau,
parce que ce manteau était une protection
indispensable dans le pays où il vivait.

Mais, chez les siens, il redevenait lui.

C'était un Juif aux traits réguliers, au nez
presque droit ; la famille originaire d'Alexan-
drie, au temps de la domination des Ptolé-
mées, avait dû être de celles qui contractè-
rent des alliances avec les Grecs et dont les

descendants furent connus alors sous le nom
de néo-juifs.

La physionomie était intelligente, ouverte
et sympathique.

Laban, qui savait tant de choses, avait fait
allusion à une illustre origine, en parlant à
Jonathan de sa famille ; elle prétendait descendre par les femmes d'un des lieutenants
d'Alexandre le Grand.

Le jeune homme regardait Isaac avec lequel il était apparenté par sa mère, il con-
templait avec respect et curiosité ce prince
de sa nation, ce personnage tout puissant, auquel six cents familles juives devaient l'hom-
mage pour les positions qu'il leur avait faites.

Isaac travaillait toujours avec une ardeur
inouïe : il était arrivé aux dernières pages,
il enleva une dernière addition avec un brio
incomparable, et, repoussant le registre, il
dit en jetant les yeux sur la pendule :

— Je n'ai que dix minutes pour toi, cousin.

Si tu n'apportes pas le renseignement cherché, avant ton départ, je te reverrai.

Tant que tu resteras à Paris, tu y seras à
mes frais et je te conseille de ne point craindre d'abuser de ma bourse.

Puis tressaillant :

— C'est étrange, combien tu me rappelles
de souvenirs!

M. Isaac parut s'attendrir : mais le démon
des affaires le ressaisit.

Il rejeta un coup d'œil sur la pendule et
dit d'un ton impératif.

— Parle vite!

Le banquier était aux prises avec la soif
de l'or.

— Parle ! Parle ! répéta-t-il.

— Le jeune homme dit froidement, avec
une assurance qui frappa M. Isaac.

— Le trésor est enfoui dans les sables, entre Tourmi et le puits de Ben-Gaudra ; il y
a quatre journées de caravane d'un point à
l'autre.

— Des preuves?

— L'histoire.

— Parlée?

— Et aussi écrite.

— Tu as lu?

— J'ai copié.

— Donne.

— Non. Attends.

— Pourquoi.

— Parce que j'arrive sans avoir perdu une minute et qu'il faut du temps pour tirer cette copie d'où elle est.

— Que croyais-tu?

— Tout.

La conviction que le jeune homme apportait quelque chose de sérieux pénétrait dans l'esprit de M. Isaac.

Puis il se passait un phénomène singulier; plus il regardait son cousin, plus s'effaçait l'expression dure, rude, impitoyable que les chiffres et les affaires avaient mise sur le visage du banquier.

Un sourire sympathique errait sur ses lèvres pendant que la fièvre de l'or étincelait
dans ses yeux.

Le jeune homme reprit.

— J'ai reçu de mon père, qui le tenait de
son aïeul, une confidence et un ordre.

— Vite ! Vite ! dit M. Isaac en regardant
anxieusement la pendule.

Jonathan regarda aussi et sourit, comme
un homme sûr de soi.

— Mon père, après avoir lu tes instructions,
se souvint qu'une caravane était, au dire des
ancêtres, venue de Tlemcen, expédiée par le
sultan de cette ville. Elle était immense, elle
apportait un convoi énorme de marchandises
et venait chercher un immense trésor.

— Combien ?

— Peut-être cent vingt millions de votre
monnaie.

— Pourquoi tant d'or rassemblé à Tombouctou ?

— Trop long à expliquer; plus tard je te le dirai, sache seulement que la caravane repartit chargée de poudre d'or, escortée par des Touareggs, par les jannissaires de Tlemcen et une forte escorte noire.

— Après... Après...

— L'armée et la caravane furent surprises au delà d'Ain-Tournit, par un coup de Kamsin comme on n'en avait point vu depuis des siècles. Pendant vingt-un-jours, le vent du sud souffla avec une violence inouïe sur le désert.

— Je connais le Kamsin, va !

— La caravane et l'armée moururent de soif et furent ensevelis sous les sables.

— Et le roi ne fit pas de recherches? Et les Touareggs n'essayèrent point de retrouver le trésor?

— Il y avait des montagnes de sables qui avaient été transportées à une ou deux journées de marches; des puits avaient disparu, on chercha pendant des années, mais en vain.

— Et l'écrit dont tu parlais ?

— C'est une lettre d'un de nos ancêtres résidant à Tlemcen et écrivant à son frère à Tombouctou.

Je l'ai retrouvée intacte dans le silo où sont cachées les archives de la famille. Elle relate des faits très clairs se rapportant à la caravane ensevelie.

M. Isaac était si prodigieusement intéressé qu'il oubliait l'heure.

Jonathan lui montra la pendule.

Le banquier parut contrarié d'être pressé par le temps ; mais il cria un ordre dans un conduit acoustique et se leva.

— Suis-moi, ordonna-t-il.

Et faisant retomber d'un bloc le manteau de son bureau, il le ferma à clef.

— Viens! Viens. Tu parleras dans ma voiture.

Il se jeta avec Jonathan dans un coupé qui fila rapidement.

Le cocher savait où allait M. Isaac ; la voiture roula.

— Continue ! dit le banquier.

— Mon père, dit le jeune homme, après m'avoir raconté toute cette affaire, du moins ce qu'il en savait, m'ordonna de faire des recherches. J'ai retrouvé la lettre après avoir fouillé toutes les correspondances, tous les papiers de l'époque ; c'était là une preuve des plus fortes.

— Oui, ceci est une preuve ! dit avec conviction M. Isaac.

. Le jeune homme sourit et reprit.

— Ensuite, je suis allé à Ain-Tournit, autour duquel campe la tribu des Touareggs Targla.

Je savais que les gens de cette tribu ne s'éloignent jamais loin du puits, jamais ils n'émigrent vers le nord en été comme les autres Touareggs. Lorsqu'ils veulent faire commerce avec le pays où pousse le fro-

ment, ils envoient une caravane, soit vers
l'Algérie, soit vers le Maroc ; mais le gros de
la tribu demeure auprès de la source.

— C'est singulier ! dit M. Isaac, qui jugea
cette particularité étrange, car il connaissait
sur le bout du doigt les coutumes, les mœurs
et les habitudes du désert.

— Je supposais, dit le jeune homme, que ces
Targla devaient avoir conservé le souvenir
du trésor enfoui, qu'ils ne se tenaient point,
sans motifs, rivés autour de cette fontaine
d'Aïn-Tournit, et que j'apprendrais d'eux quelque chose, car c'est non loin de leur campe-
ment habituel que la catastrophe de la caravane a dû arriver.

M. Isaac approuvant secoua la tête.

— Mais, reprit le jeune homme, rien n'est
plus difficile que de pénétrer au sein de cette
tribu qui ne veut pas garder d'étrangers
chez elle : quand elle est forcée d'exercer
l'hospitalité, il semble que tout le monde y
soit devenu muet.

— En effet, dit Isaac, je me rappelle que quand je faisais dans le désert le commerce des plumes d'autruches, les chasseurs racontaient de singulières histoires sur les Targla.

Comment t'y es-tu pris pour pénétrer chez eux.

— Je me suis présenté comme médecin.

Mon père a voulu que je fusse honoré et considéré à Tombouctou de façon à y protéger toute notre famille.

Il m'a envoyé à Alger, où j'ai vécu cinq ans, apprenant le français et la médecine.

Quand mon père m'a rappelé, j'ai eu soin d'emporter des livres, des remèdes, des instruments de chirurgie. Je suis réputé à Tombouctou, et les caravanes portent mon nom et ma réputation au loin. On m'amène dans des palanquins, à dos de mahara, des malades qui viennent de deux cents lieues, parfois on me mande de plus loin.

— Ton père a eu là une heureuse idée, dit M. Isaac.

J'avais soigné et guéri un chef Targla atteint d'une fièvre tenace qui avait résistée aux remèdes indigènes. En hiver, pendant la saison pluvieuse, les environs d'Ain-Tournit sont marécageux et pestilentiels. Il y a toujours à cette saison des épidémies plus ou moins fortes. Je le savais. Je m'y rendis donc à la mauvaise saison et je fus accueilli comme un sauveur.

Avec la quinine, j'apportais la santé.

Les Touareggs inabordables, défiants pour tout le monde, se firent doux et reconnaissants pour leur Toubib (médecin). Et ils parlèrent.

Oh ! pas librement.

M. Isaac eut un regard étonné.

— Je veux dire, pas d'eux-mêmes ! rectifia Jonathan. Je me liai d'amitié plus particulièrement avec le fils du chef. J'avais apporté

de l'alcool pur, parmi mes remèdes ; j'en
fis de l'eau-de-vie avec du caramel et de
l'eau.

— Et tu en versas dans son café ? dit en
riant M. Isaac.

— Et sa langue fut déliée, ajouta Jonathan.

En ce moment la voiture s'arrêta.

— Je reviens, dit M. Isaac, attends-moi et
groupe tes souvenirs.

Il laissa le jeune homme dans le coupé ;
Jonathan s'amusa à regarder Paris défiler
dans la rue.

Il n'éprouvait pas, comme on aurait pu le
croire, l'étonnement d'un sauvage lancé tout
à coup en pleine civilisation, il avait vécu
longtemps à Alger.

Et Alger est une petite capitale où le gouverneur général tient une petite cour très
luxueuse, la rue Babazoun est une petite rue
de Rivoli, et, pour les étudiants, il y a une
sorte de quartier latin.

M. Isaac expédia rapidement l'affaire qui

l'amenait dans la maison, et il revint prendre place dans la voiture.

Il avait fini ses courses.

— Au Hammam, ordonna-t-il au cocher.

Puis au jeune homme :

— Continue....

— Le fils du chef Staren me révéla le secret de la tribu. De père en fils, on s'y est légué la tradition du trésor enfoui ; longtemps, les Targlas l'ont cherché, sans trouver d'autres traces que des paillettes d'or, mêlées çà et là aux sables ; ils ont creusé le sol inutilement. Mais leur croyance au trésor est resté inébranlable et ils ont, pour preuve de son existence, le témoignage écrit d'un de leurs marabouts contemporain du désastre.

Et ce témoignage est conservé, de chef en chef, et lu aux vieillards de chaque famille chaque fois qu'un chef en remplace un autre.

— Que dit cet écrit ?

— Je l'ignore, mon ami n'en a pas encore

entendu la lecture ; mais ce testament du marabout existe certainement. Du reste, il ne
doit pas contenir d'explications plus com-
·plètes que la lettre de notre aïeul, sans quoi
les Targlas auraient trouvé le trésor.

— C'est vrai ! dit M. Isaac. De plus, j'ai
une raison péremptoire de croire à ce trésor ;
c'est qu'un autre, qui rarement se trompe, y
croit aussi.

Puis à Jonathan :

— Tu vas te baigner au Hammam ! Je vais
t'envoyer mon valet de chambre qui amènera
aux bains un essayeur de chez Godchaux,
qui te montera une garde-robe en ce que la
maison fait de mieux. Je ne veux pas que
l'on te voie vêtu en juif, cela donnerait des
soupçons. Parle français, rien que Français.

Tu ne viendras plus à l'hôtel, tu ne diras à
personne ni ton nom, ni rien de ce qui nous
concerne ; tu vivras largement et tu profite-
ras de ta présence à Paris pour t'amuser, en

attendant que je vienne te voir et te donner des instructions.

— J'ai une idée, dit le jeune homme en souriant.

— Parle.

— Ne pensez-vous pas que je ferai bien de me perfectionner dans mes études, comme oculiste surtout ? Au Sahara les maladies d'yeux sont terribles.

— Cela ne peut nuire. Etudie, mais je crois que tu auras peu de temps.

— En quinze jours, avec ce que je sais, l'on peut apprendre beaucoup. Vous trouverez peut-être bon que je m'établisse chez les Targlas, que je rayonne de là dans les oasis environnantes et que je surveille sir Samuel. Je saurai ce qu'il fait, je devinerai le secret du trésor, et quand je l'aurai...

— Jonathan, je n'ai pas de fils, s'écria M. Isaac. Si tu réussis, je t'adopte. Ce trésor entre nos mains, avec ma fortune et mes immenses relations, nous donnera dans le monde la royauté de l'argent. J'aurai fondé une maison plus puissante que celle des Rothschid... tu la continueras.

Le front du jeune homme rayonna d'orgueil.

— Va, lui dit son oncle, en lui serrant la main.

XVIII

EXPLICATION

Trois mois se sont écoulés.

Sir Samuel a fait un voyage.

Où ?

Personne ne saurait le dire.

Salomé, pendant cette absence, a été placée dans une des meilleures pensions de Paris ; Valentine est allée la voir chaque jeudi.

Salomé, très intelligente, a commencé à apprendre le français et une foule de choses qu'elle ne soupçonnait pas.

Enfin sir Samuel est revenu.

Il a repris sa fille, sa vie et ses habitudes.

Sir Samuel est un peu sombre.

Valentine s'en est inquiétée.

Un matin, sir Samuel est venu de bonne heure ; il a remis un mot à la jeune fille pour sa mère, qui, après l'avoir lu, a montré la plus vive joie.

— Nous partons, dit Mme Isaac à sa fille ; vite, prépare-toi.

— Quand donc partons-nous ?

— Ce soir.

— Et nous allons !

— En Algérie.....

Mme Isaac sonna ses femmes de chambre, donna ses ordres et fit faire tous les prépara-tifs nécessaires, ce qui causa un va et vient dans l'hôtel.

M. Isaac en fut prévenu.

Il accourut.

Mme Isaac était seule chez elle, Valentine faisait ses malles dans son appartement de jeune fille.

Le banquier était très pâle en entrant chez sa femme.

Il s'enferma avec elle.

Ce n'était pas précisément un Monsieur d'abord et d'aspect agréable, que ce grand banquier juif qui rêvait de prendre à Paris et dans le monde une place plus élevée que celle des Rothschild.

Maigre, haut, mince, avec une figure en lame de couteau, un nez d'oiseau de proie, un œil de chouette et une bouche en coups de sabre, M. Isaac n'était sympathique à personne.

Ni grâce, ni affabilité, rien de ce qui charme ne rachetait l'impression produite par ce premier aspect.

A la Bourse, on le redoutait.

Dans le commerce on l'exécrait.

Des articles lui reprochaient d'être le plus philistin des Juifs.

Les hommes de lettres et les journalistes perdaient rarement l'occasion de lui être désagréables; il passait pour être chien avec les rédacteurs du journal qu'il avait acheté.

Mais, dans la colonie Israélite, on l'estimait.

Il protégeait, défendait ses coréligionnaires.

Cependant ceux-ci eux-mêmes ne l'aimaient point.

Il était trop rude dans les relations, trop cassant, trop hautain.

Un écrivain de talent qui avait été avec lui en rapports forcés, avait scruté ce caractère.

Il en avait dit:

Cet homme est ulcéré par un chagrin profond, par une plaie vive qui le ronge.

Et c'était vrai.

M. Isaac n'avait jamais un éclair de joie sur le visage.

En ce moment, cet homme si froid, semblait bouleversé.

Il regarda d'un air hébété, malles et coffres

qui s'emplissaient, écrins épars, toilettes en-
tassés, puis il demanda :

— Vous partez ?

Sa voix était étranglée dans son gosier, il
avait les mains jaunes comme de la cire et
ses yeux caves semblaient s'éteindre.

— Mais oui, je pars, dit Mme Isaac, ne le
voyez-vous pas ! Sir Samuel ne vous en a-t-il
point prévenu ?

— Sir Samuel se trouve probablement trop
grand seigneur, pour m'avertir quand il va
briser ma vie.

— Ne dites point de mal devant moi de sir
Samuel ; c'est un bon maître.

— Un maître ?

Mme Isaac se retourna, toisa son mari et
lui dit.

— Vous me semblez oublier que vous n'êtes
que l'intendant de sir Samuel.

— Pardon, son associé !

— Non, vous dis-je, vous administrez ses
biens, voilà tout.

M. Isaac sentit peser sur lui le froid dédain de sa femme. Il se redressa.

— Vous me méprisez, lui dit-il, sans savoir ce que je vaux. Je suis riche, je suis l'homme le plus riche de Paris après Rothschid ; je serai plus riche que lui un jour. Les rois compteront avec moi.

— Vous avouez donc avoir volé sir Samuel ? demanda Mᵐᵉ Isaac.

— Non... mais sur ma part j'ai spéculé.

— Il était convenu entre vous que vous ne spéculeriez point, que vos parts resteraient dans la maison, vous avez donc volé votre maître, comme je vous le disais....

M. Isaac baissa la tête, puis il parut prendre un parti.

— Ecoutez-moi, dit-il.

Dépêchez-vous alors, fit-elle.

— Cette fortune indépendante que je me suis créée, c'était pour vous.

Mᵐᵉ Isaac le regarda en face.

Il devint plus pâle encore, mais il continua.

— Oui pour vous... sir Samuel pouvait
mourir dans une de ses expéditions ; je me
suis dit qu'alors, libre, vous ma femme en apparence, habituée à moi, vous ne voudriez
point rompre le lien factice qui nous lie. Par
l'argent, je suis plus puissant que certains
souverains : titres, honneurs, fonctions, je
puis tout obtenir ; je puis être ici même en
France député et ministre. Si un malheur
avait frappé sir Samuel, je vous aurais sup-
pliée d'être réellement ma femme, et je vous
aurais fait une si haute position dans le
monde que j'aurais payé mon bonheur. Maintenant vous partez. Je vous supplie de me
promettre que vous reviendrez le jour où sir
Samuel mourrait...

Mᵐᵉ Isaac leva la main et dit lentement.

— Je le jure.

Le banquier frissonnant d'espérance tomba
aux genoux de cette femme silencieusement
adorée depuis dix ans.

Mais elle reprit avec une ampleur tragique.

— Oui, je jure de revenir pour te punir de la mort de sir Samuel, car, après avoir été voleur, tu rêves de devenir assassin.

Et, d'un geste, elle le chassa.

XIX

CATASTROPHE

En rentrant dans son bureau, M. Isaac écrasé déjà par cette scène reçut un choc violent, en trouvant assis dans son fauteuil, compulsant ses livres et ses carnets, sir Samuel vêtu de noir.

Il était accompagné de trois personnages vêtus aussi de noir à l'air grave, au maintien composé, qui ne pouvaient être que des notaires, des huissiers ou des magistrats.

Sir Samuel dit au banquier, d'un ton de supériorité.

— Puisque vous voilà, Isaac, prenez un siège, je vous y autorise. L'heure est venue de me rendre vos comptes; en vertu de notre contrat en bonne et due forme, je suis libre de vous retirer votre place d'intendant en liquidant votre part d'intérêt dans les bénéfices, car je ne vous ai jamais associé dans mes pertes, pour que vous n'eussiez jamais le caractère d'un associé. Or, nous rompons et j'entends que dans une heure tout soit fini entre nous.

C'était un coup absolument imprévu pour M. Isaac.

Toutefois le banquier songea que son quart de bénéfices lui constituait une belle somme et qu'il pouvait se créer ensuite, libre de toute entrave, une fortune splendide avec cinq millions qui constituaient sa part sans compter d'autres secrets espoirs.

Il garda un calme superbe, appela son chef de comptabilité et lui demanda la situation telle qu'on la relevait chaque jour.

C'était un chef-d'œuvre, une merveille de limpidité.

— Très bien, dit sir Samuel.

Et, à l'un des trois personnages qui se trouvaient là :

— Monsieur vous entrez en fonctions aujourd'hui même à la place de M. Isaac.

Le chef de la comptabilité ouvrait des yeux étonnés.

Mais comme M. Isaac ne protestait point, il accepta lui-même le fait accompli.

Devant lui sans protester, M. Isaac signa une déclaration par laquelle il se retirait, reconnaissant que sir Samuel restait bien seul maître absolu de la maison.

Les spectateurs de cette scène admirèrent le sang-froid de ce Juif qui, jusqu'alors respectueux, humble même devant sir Samuel, se relevait fièrement sous le coup qui le frappait et prenait une très belle attitude.

Le secret de cette tenue si raide de M. Isaac était tout entier dans cette idée, que les mas-

15

ques étant jetés, la lutte étant ouverte, la li-
quidation étant faite, il allait maintenant
pouvoir travailler ouvertement à un plan de
spéculation colossal. Cette rupture d'association lui laissait une part considérable ; de
plus, il comptait garder ou tout au moins re-
conquérir sa femme.

Il acceptait donc assez philosophiquement
cette apparente déchéance, sûr de fonder
une maison de Banque rivale de celle qu'il
quittait.

Toutes les formalités remplies il prit son
chapeau et allait partir.

— Un instant, maître Isaac, dit sir Samuel ;
nous avons un autre compte à régler.

— Ah ! fit le banquier.

Et il attendit, prévoyant quelque rude attaque.

Il connaissait son homme.

Sir Samuel reprit froidement.

— Aux termes de notre convention, vous
ne deviez opérer en aucune façon avec mes

fonds, pour votre compte. Cependant vous l'avez fait.

Puis d'un air ironique.

— Le niez-vous ?

— Absolument, dit Isaac.

— Très bien ! Si vous persistez dans votre dénégation, je déposerai une plainte qui vous mènera loin, ces Messieurs seront là pour la formuler.

M. Isaac dissimula son inquiétude sous les apparences du plus beau flegme.

Sir Samuel reprit :

— Voici le carnet exact de vos spéculations frauduleuses opérées avec les fonds de la maison; voulez-vous en écouter la lecture ?

Et avec une précision étonnante, sir Samuel se mit à lire les détails que contenait le carnet.

— Les preuves ! demanda le banquier. Vous n'avez pas de preuves.

— Les voici, dit sir Samuel.

Et il montra des déclarations signées par

les divers hommes de paille que le banquier
avait employés.

— Puis d'autres preuves, d'autres attesta-
tions, s'accumulant avec une foudroyante précision, démontraient si abondamment la vérité que le banquier fut écrasé.

Il se sentit perdu.

Nul doute que si la justice était saisi de
l'affaire, il ne fût condamné.

Mazas s'ouvrait devant lui.

Alors son calme l'abandonna.

Il se sentit à la merci de son adversaire.

Celui-ci le laissa se remettre de l'émotion
violente dont il était saisi.

Il se fit un silence pendant lequel le banquier, pâle, défait, prêt à crier grâce et n'osant
le faire, parut profondément accablé.

Enfin sir Samuel lui demanda

— Voulez-vous transiger ?

C'était le salut pour Isaac.

Il releva la tête et desserrant péniblement
les dents, il posa cette question :

— Que proposez-vous ?

— Vous avez à cette heure cinq millions à vous, dit froidement sir Samuel. Si vous les abandonnez, je vous tiens quitte de tout. Réfléchissez.

M. Isaac se reprenant à espérer, revint à l'instinct juif et voulut défendre sa caisse : il essaya de discuter.

Sir Samuel, impassible, tira sa montre et dit :

— Vous avez cinq minutes. Le commissaire de police est dans la pièce voisine ; il attend !

M. Isaac prit peur.

— Soit, dit-il.

Tout était prêt.

La transaction fut signée par les deux parties.

Tout se passa laconiquement, sans phrases inutiles ; mais les témoins de cette scène remarquèrent que l'affaire finie, M. Isaac semblait reprendre de l'énergie et il leur pa-

rut qu'il ne désespérait point. Il se montra
même très ferme vis-à-vis de sir Samuel.

— Monsieur, lui dit-il, vous m'avez ruiné,
le moins que vous puissiez faire est de me laisser travailler. C'est l'heure de la Bourse...

Il reprit pour la seconde fois son chapeau.

— Un instant, dit sir Samuel, d'homme à
homme, nous avons à nous parler.

Et aux autres témoins de cette scène :

— Emportez, et gardez ces pièces

Il resta seul en présence d'Isaac.

Celui-ci craignit cette fois des malheurs
plus grands encore que ceux qui venaient
successivement de s'abattre sur lui.

Sir Samuel lui dit ironiquement :

— Quand on ruine à fond un homme, on lui
dit pourquoi.

— Je vous ai trompé, dit franchement et
délibérément M. Isaac, j'ai eu tort. Vous vous
vengez, vous avez raison. Je ne me plains pas.

— Je te pardonnerais tes vols, dit sir Samuel, mais tu as fait pire.

Isaac baissa la tête, non qu'il eût l'ombre
d'un repentir, mais il entrait dans son jeu de
paraître humilié.

Sir Samuel reprit :

— Quand je t'ai connu, tu étais un pauvre
juif, moins que rien, je t'ai trouvé sous le
couteau d'un chambi qui allait t'égorger,
après t'avoir volé le peu d'argent que tu por-
tais sur toi. Je t'ai sauvé, je t'ai conduit dans
un ksour, puis je t'ai donné une maison, un
commerce.

Isaac baissa la tête.

— Peu à peu, ma fortune grandissant, j'ai
fait la tienne ; grâce à moi, tu as centralisé
tout le commerce des plumes d'autruches
dans les ksours du Touat. Les chasseurs, mes
amis, ne vendaient qu'à toi et n'achetaient
qu'à toi. Sans nous, sans moi, dont la carabine
était redoutée de Tombouctou à Laghouat
et de Ghadamès au Tafilel, tu aurais été mis
à mort par les indigènes jaloux de ta richesse.
Tu devrais me vénérer et m'aimer comme

un Dieu ; je t'ai donné la vie et des trésors.

Isaac demeurait accablé !

— Je ne t'ai demandé qu'un seul service et·
je te l'ai payé largement, je ne pouvais épouser une femme dont j'avais une fille ; j'étais
déjà marié. Je t'ai proposé de prêter à cette
femme et à cette fille ton nom, rien que ton
nom, te donnant en échange une position
splendide, à toi juif, qui mets l'argent au-
dessus de tout. Je pouvais donc compter que,
te donnant la fortune, tu me laisserais l'amour
et l'honneur ; tu pouvais du reste avoir cent
maîtresses à Paris, tu avais le luxe, tu avais
tout, et tu as voulu me prendre ma femme,
tu as songé à me faire assassiner là-bas au
désert.

Isaac releva la tête et s'écria tout à coup :

— Pourquoi m'avoir donné cette tâche sur-
humaine de vivre auprès d'elle ? Je l'aime et la
passion égare. Personne au monde n'aurait
résisté à mon supplice de tous les jours.

Sir Samuel secoua la tête.

— Il fallait agir loyalement, dit-il : il fallait me dire la vérité. Si tu m'avais chargé de veiller sur ta femme et si la passion n'avait mordu au cœur, je t'aurais écrit : « Sauve ta femme de moi et sauve-moi de moi-même.» . Au lieu d'être honnête tu as combiné des plans ténébreux. Je te ruine pour te punir d'abord, pour te réduire à l'impuissance ensuite.

Puis d'un ton plus doux.

— Va, lui dit Samuel... vis obscur, ignoré, humble et repentant. N'entreprends rien contre moi et espère. Mais si tu machines quoi que ce soit qui puisse me nuire, tu es un homme mort.

M. Isaac sortit du bureau et une fois hors de la présence de sir Samuel, il eut un sourire qui eût certainement inquiété celui-ci.

Le banquier trouva dans l'antichambre le flot toujours pressé des solliciteurs pour lesquels il était si dur.

La nouvelle de sa chute s'était répandue ;

15°

personne ne le salua sur son passage, excepté son vieux garçon de bureau.

Il reçut aussi une poignée de main de son concierge.

Mais il lut le dédain pour l'homme tombé sur toutes les physionomies.

Il méprisait l'humanité, il se mit à la haïr !

XX

RUINÉ

Une fois dehors, il se rappela son neveu, et, prenant une voiture, il se fit conduire chez lui.

Pendant tout le trajet il fit des calculs; son regard, par moment, s'éclaira de flammes qui illuminèrent son front marqué au sceau du génie des affaires. Mais en arrivant chez son neveu, il prit une attitude voulue d'homme abattu, anéanti.

Le jeune homme travaillait, étudiant avec rage.

Isaac s'assit ou plutôt s'affaissa sur une chaise et dit.

— Nous sommes perdus !

— Qu'est-il donc arrivé? demanda Jonathan.

Isaac raconta la catastrophe, moins certains détails très importants néanmoins.

Jonathan écouta avec un calme qui prouvait sa force.

Quand M. Isaac eut fini, il lui demanda froidement ?

— Ne vous reste-t-il donc rien, mon oncle ?

— Deux ou trois cent mille francs de bijoux peut-être.

— Avec cela on peut déjà se refaire une fortune. Mais cherchez bien, vous avez encore autre chose.

— Non... rien.

— Et moi, moi que vous avez adopté ; moi qui suis pour vous plus qu'un neveu, plus peut-être qu'un fils...

— Quoi donc ?

— Un associé.

— Tu resteras ici !... Tu m'aiderais à tenter le sort ?

— Mon oncle, demeurez ! Moi, je pars ! Ma place est chez les Beni-Targla, auprès du trésor.

— Comment ? Seul, sans l'appui des millions que j'ai perdus, tu oserais.

— Oui, mon oncle.

Le jeune homme montra ses livres.

— Encore huit jours, huit jours pour opérer quelques cataracs ; et je partirai pour Alger, certain d'être le meilleur médecin du Sahara ou je me ferai une réputation immense.

Puis souriant.

— Heureusement j'ai acheté tous mes remèdes, tous mes instruments au temps de votre richesse ; je ne ferai pas la plus petite brèche dans la petite fortune qui vous reste.

— Cependant le voyage...

— J'ai fait des économies sur l'argent que vous m'avez prodigué.

Puis avec douceur :

— Quand sir Samuel aura découvert le trésor, je saurai son secret ; alors cet homme mourra. Lui, mort, je viendrai me concerter avec vous pour l'enlèvement de la poudre d'or.

— Et tu oseras te mesurer avec sir Samuel ?

— Pourquoi pas ? A nous autres juifs algériens, race opprimée, il ne manque que le courage ; nous avons trop courbé la tête pour être virils. Mais moi je me sens vaillant et ne crains rien au monde. Hier j'ai assisté tranquillement comme les externes français, à l'opération d'un enfant atteint du croup, et je n'ai pas eu la moindre hésitation. Quand l'on s'est bien convaincu qu'il faut jouer sa vie pour arriver haut et loin, on en fait le sacrifice d'avance.

— Oh ! Tu es brave, toi ! Tu me rappelles notre aïeul, qui fut ingénieur au service du Dey d'Alger et qui se montra capitaine intrépide.

— Si je succombais, rien ne vous com-
promettrait, je ne vous écrirai jamais. Vous
vous montrerez tous les jours à la Bourse ;
vous semblerez vous y occuper de petites affaires en rapport avec vos petites ressources.
Sir Samuel ne saurait incriminer un homme
aussi résigné que vous paraîtrez l'être. Si je
meurs, personne ne vous accusera de com-
plicité dans les tentatives que j'aurais faites
avant de succomber ; si je vis, c'est que j'aurai triomphé ; après le succès j'accours à
Paris et nous marchons ensemble à la con-
quête du monde par l'or.

M. Isaac, sous la parole de son neveu,
semblait se transformer.

— Jonathan, s'écria-t-il, tu es digne d'être
après moi le chef de la famille !

Tu viens de te grandir à ma hauteur en
subissant victorieusement l'épreuve.

— Ah fit le jeune homme, cette ruine n'est
donc qu'un conte.

— Ecoute ! lui dit son oncle reprenant son

role de millionnaire et de protecteur, écoute ;
ce que je t'ai dit est vrai. Sir Samuel m'a
volé cinq millions et il me croit ruiné, im-
puissant, réduit au néant. Mais je suis riche,
très riche, non pas d'argent réalisé, mais de
très sûres échéances, garanties par d solides
assurances.

Il reprit en souriant :

— J'ai accaparé toutes les plumes d'autruches du Soudan et de l'Asie. J'ai fait la rareté et la cherté sur l'article ; j'ai passé ensuite des marchés à prix très élevés, et, dès
la fin de ce mois, je puis commencer à né-
gocier mes valeurs sur de très riches maisons.

Caressant l'avenir dont il entrevoyait les
splendeurs ; il reprit.

— En ce moment j'ai presque monopolisé
les Thés de Chine et mes navires assurés
sont en route pour Londres. Dans deux mois
je serai le maître du marché anglais. J'ai
acheté au Japon des soies que je livre dans

quelques semaines aux fabriques de Lyon et
à celles de la Suisse, avec un bénéfice
énorme, car les vers à soie sont malades et
ne fournissent plus rien ni en France ni en
Italie. De ce fait, pour moi des millions !...

Puis éblouissant son neveu, Isaac reprit :

— Un des nôtres, mon associé, maintenant
pour la plus belle de mes affaires, m'a révélé
l'existence d'un lac souterrain de pétrole
aux Etats-Unis dans ce territoire presque
désert qui confine au lac Salé, chez les mor-
mons. J'ai acheté toute une région et nous
avons là cent quatorze puits en activité ; ils
inonderaient la plaine en vomissant les tor-
rents de pétrole, nous le recueillons dans des
charriots-cuves dont nous formons d'immenses convois.

Et s'exaltant.

— Va ! Pars ! Réussis ! Tu auras, derrière
toi, la poussée de l'or ; dans ta main, la puissance de l'or ; au front le prestige de l'or ; tu
disposeras d'une force immense, car l'or est

maître de tout. Ton ennemi a une faiblesse
qui te le livrera, la sécurité ! Il croit m'avoir
paralysé et il t'ignore. Que cet homme meure !
Enlève la poudre d'or! Reviens avec ce trésor
qui triplera le mien! Et nous pourrons entre-
prendre contre Rotschild cette lutte glorieuse
qui le précipitera sur le trône du haut duquel il est le roi des Juifs, le roi de la Banque, le Juif des rois et le roi du monde.

Jonathan, pris de la fièvre sacrée, de l'or
enthousiasmé, électrisé, se jeta dans les bras
de son oncle.

Celui-ci après lui avoir esquissé les grandes lignes de ce rêve immense, lui raconta
les détails de ce qui s'était passé entre lui et
sir Samuel.

Il se tut sur un point seulement, il ne fit
pas à son neveu cette confidence qu'il aimait
sa femme, il affecta de l'exécrer.

— Cet homme, dit-il, m'enlève ma femme
et ma fille qui sont sa femme et sa fille, je
dois en convenir. Mais si tu savais de quel

mépris abject, ces deux vaniteuses m'ont abreuvé !

Et sous l'amer ressentiment des souffrances cruelles de la passion blessée, et qu'il n'avouait pas, il laissa éclater sa rancune en ardentes imprécations.

— Je voudrais, s'écriait-il, tenir cette femme et sa fille sous mon talon, les châtier de leur insolence, les jeter esclaves sous le fouet d'une brute; je mets ma vengeance au-dessus même des joies du succès et des jouissances de l'or.

Jonathan ne devina point l'amour fou, délirant, qui se cachait sous tant de haine apparente; il nota cette soif de vengeance et se promit de la satisfaire, en faisant tomber Mme Isaac et sa fille aux mains de quelque maître impitoyable, sous le bâton d'un arabe, ou sous la lanière de cuir d'un Touaregg, marchand d'esclaves.

Ils discutèrent sur ce qu'il y avait à tenter et il fut convenu que Jonathan se tiendrait

prêt à partir aussitôt que sir Samuel et sa
famille s'embarqueraient pour l'Algérie ; car
il n'était point douteux que le comte ne
se dirigeât sur Oran ou sur Alger.

M. Isaac le fit, du reste, habilement espion-
ner pour être prévenu à temps.

Jonathan pouvait sans crainte s'embar-
quer sur le même bâtiment que sir Samuel ;
n'étant pas connu de lui. C'était un avantage
considérable.

Avant de partir il avait posé une question
à son oncle.

— Pourquoi n'usez-vous pas du droit que
vous donne la loi sur votre femme et votre
fille.

— Parce que, dit M. Isaac, ce serait commencer la lutte dans des conditions où je serais écrasé. Ce serait attirer sur moi des co-
lères de lion, que je ne suis pas encore en
état d'affronter ; je n'ai pas réalisé ma fortune, je ne suis pas hissé sur mon piédestal :
Je ne suis point en mesure d'acheter la

presse et par elle l'opinion publique ; il parviendrait facilement encore à me déshonorer et l'on croirait à ses accusations parce que nous sommes à trop peu de distance du jour où cet homme pouvait me faire jeter à Mazas, comme on y a jeté Mirès.Vas ! Vas le terrasser au désert, fais que le sable boive son sang ! Ensuite... de sa femme... nous tirerons la vengeance que nous voudrons, mesurant les coups à la hauteur de ses mépris passés.

Et Jonathan partit toujours convaincu que M. Isaac portait une haine implacable à la femme de sir Samuel.

FIN DE LA PREMIÈRE PARTIE

Pour la suite, lire *Le Colporteur Juif,* seconde partie de *La Banque Juive.*

TABLE DES MATIÈRES

FIN DE LA TABLE

Imprimerie DESTENAY, Saint-Amand (Cher).

www.ingramcontent.com/pod-product-compliance
Lightning Source LLC
Chambersburg PA
CBHW071815020726
47502CB00004B/1123